Esta es la parte siniestra del parentesco del padre propriamiente e de los varones.
las mugeres.
este es el septimo grado do pueden casar
este es el vij. grado do pueden casar.
este es
Jesse donde nascio el linage de la uirgen sca maria.

W0396158

KREMBS
A° 1544
SVSANNA NATA IN KREM
AN: 40. HORA 6. MANE
BERSABEA 5 PLES IN
EDITA KREMBS DIE
LVCEM
BARBARA 4 DIE
IN LVCEM EDITA
KREMBS
NASCIBATVR IN
SOPHIA PRIMA PLES NASCIEBATVR
VIDEBIT EOS

Volcardus zu Lecheßgemindt
Frau Agatha sein Gemahe
Graff Theowaldus
Graff Hainrich. j144.
Frau Agatha geboren
Frau Agnes Marggref. Von Burgau
Berchtoldt der ander. j2 44.
Schönfeldt
Graff Waltherus. j244
Gebhardt Bischoff zu Aysteten
Elisabeth Von Hirschberg
Graff Berchtoldt der dritt
Elisabeth
Berchtoldus der 4 j275
Graff Hainricus
Graff Berchtoldt. 5
N. sein Gemahel
N. sein Gemahl
Berchtoldus der 6.
Frau Elisabeth
Agnes Freiin Von Gundelfing
Anna Abtissin Zu Schönefeldt
Berchtoldt 7. 1342

LES SAINTES RELIGIEUSES DE L'ORDRE DE CITEAU.

Maison Bonaparte devenue Impériale de France.

R DONA FELIPA DE PORTUGAL
IFANTE DONA BREATR
DUQUE IOÃ DE ALENCASTRO DE

FRANZ CARL
FRANZ STEPHAN
LEOPOLD II
JOHANN I

De formation juridique, puis d'histoire de l'art et d'histoire médiévale, Emmanuel de Boos est l'auteur de plusieurs ouvrages et articles sur l'héraldique médiévale et la guerre de Cent Ans. Professeur à la faculté libre de Saint-Malo, il est généalogiste successoral depuis dix ans. Il tente actuellement de réaliser une étude pluridisciplinaire de la généalogie comme de l'héraldique. Emmanuel de Boos est membre associé de l'Académie internationale d'Héraldique.

Tous droits de traduction et d'adaptation réservés pour tous pays
© Gallimard 1998

Dépôt légal : novembre 1998
Numéro d'édition : 86060
ISBN : 2-07-053457-X
Imprimerie Kapp, Lahure Jombart, à Evreux.

LA GÉNÉALOGIE
FAMILLES, JE VOUS AIME

Emmanuel de Boos

DÉCOUVERTES GALLIMARD
TRADITIONS

Généalogie et génétique envisagent l'individu non pas comme un ensemble achevé, mais comme le maillon d'une chaîne, la lignée, formée par ses ascendants et ses descendants, qui s'imbrique à d'autres pour former le lignage, où interviennent les collatéraux. Elles étudient deux aspects – social et biologique – d'un même processus, celui de l'engendrement.

CHAPITRE PREMIER

LES FONDEMENTS NATURELS DE LA GÉNÉALOGIE

Les cinq chiens et les cinq générations d'une famille d'industriels du Nord relèvent d'un même processus, celui de l'engendrement, mis en évidence par Gregor Mendel. Il jetait ainsi les bases d'une explication scientifique de la généalogie.

En 1866, au milieu de l'indifférence générale, un prêtre autrichien rédigeait pour le *Bulletin de la Société des sciences naturelles* de Brünn, un mémoire intitulé «*Versuche über Pflantzenhybriden*». Il y publiait le résultat de dix années d'expérimentations sur la reproduction et l'hybridation des pois. Le père Gregor Mendel (1822-1884) continuait ainsi, en leur apportant un éclairage neuf et l'appui d'une expérimentation systématique, les travaux des Français Pierre-Louis Moreau de Maupertuis, qui avait dès le milieu du XVIIIe siècle eu l'intuition des chromosomes et de leur action, Lucas, au début du XIXe siècle et Charles Naudin un peu plus tard. Mais surtout, il établissait les bases d'une science nouvelle, la génétique, qui donnait une interprétation logique et expérimentale d'une autre science, beaucoup plus ancienne, la généalogie, dont le but est l'énumération des ancêtres, la recherche de la composition des familles, ainsi que celle de leurs origines.

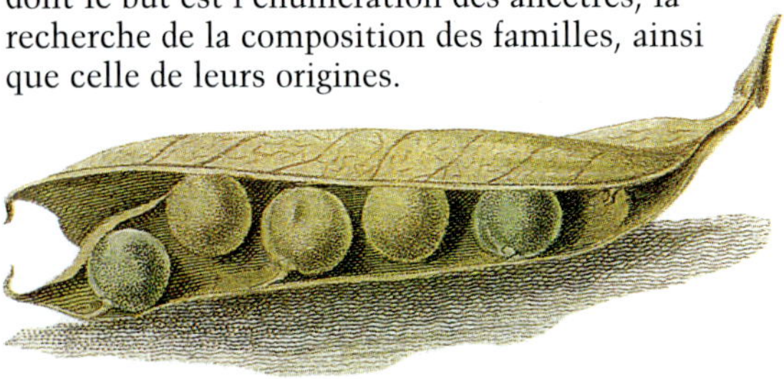

Les pois de senteur et les grandes lois de Mendel

Les recherches de Gregor Mendel n'ambitionnaient d'ailleurs pas de créer une science nouvelle, mais de faire modestement avancer les connaissances sur la reproduction et l'hybridation des plantes. Pour cela, il utilisa une plante rustique, le pois, qui offrait de nombreuses variétés et présentait l'avantage d'être peu exigeante et de se reproduire aisément par semis.

Parmi tous les croisements qu'il expérimenta, l'un des plus parlants concernait le pois à graine jaune et le pois à graine verte. Il constata que l'un de ces caractères, la couleur jaune, était *dominant* à la première génération, mais que l'autre, la couleur verte, réapparaissait aux générations suivantes, dans la proportion intangible d'une graine verte pour trois

La constance numérique de trois pour un que constata Mendel lors de ses hybridations des pois n'est pas une coïncidence : lorsque la plante hybride de première génération qui a reçu les deux caractères jaune et vert forme ses cellules reproductrices, les deux caractères se disjoignent et l'ovule ou le grain de pollen reçoit uniquement l'un des deux, jaune ou vert. Lors de la fécondation préparant la génération suivante, quatre combinaisons sont alors possibles : un ovule vert fécondé par un grain de pollen vert donnera une graine verte; un ovule vert fécondé par un grain de pollen jaune produira une graine jaune; un ovule jaune fécondé par un grain de pollen jaune donnera une graine jaune; un ovule jaune fécondé par un grain de pollen vert produira une graine jaune. Il s'agit de la loi de disjonction des caractères, qui fait que s'élaborent deux sujets purs, homozygotes, jaune-jaune ou vert-vert, et deux sujets hybrides, hétérozygotes, jaune-vert. A la troisième génération, les graines pures n'engendreront plus que des graines homozygotes; les hétérozygotes produiront trois jaunes et une verte, deux pures et deux hybrides.

Pollenzellen A A a a

Keimzellen A A a a

Das Ergebniss der Befruchtung lässt sich dadurch anschaulich machen, dass die Bezeichnungen für die verbundenen Keim- und Pollenzellen in Bruchform angesetzt werden, und zwar für die Pollenzellen über, für die Keimzellen unter dem Striche. Man erhält in dem vorliegenden Falle:

$$\frac{A}{A} + \frac{A}{a} + \frac{a}{A} + \frac{a}{a}$$

Bei dem ersten und vierten Gliede sind Keim- und Pollenzellen gleichartig, daher müssen die Producte ihrer Verbindung constant sein, nämlich A und a; bei dem zweiten und dritten hingegen erfolgt abermals eine Vereinigung der beiden differirenden Stamm-Merkmale, daher auch die aus diesen Befruchtungen hervorgehenden Formen mit der Hybride, von welcher sie abstammen, ganz identisch sind. Es findet demnach eine wiederholte Hybridisirung statt. Daraus erklärt sich die auffallende Erscheinung, dass die Hybriden im Stande sind, nebst den beiden Stammformen auch Nachkommen zu erzeugen, die ihnen selbst gleich sind; $\frac{A}{a}$ und $\frac{a}{A}$ geben beide dieselbe Verbindung Aa, da es, wie schon früher angeführt wurde, für den E… Befruchtung keinen Unterschied macht, welches von den … malen der Pollen- oder Keimzelle angehört. Es ist dab…

$$\frac{A}{A} + \frac{A}{a} + \frac{a}{A} + \frac{a}{a} = A + 2Aa + \ldots$$

Mendel compléta ses expériences en faisant intervenir non plus un mais deux caractères par «plante père» et «plante mère». Il utilisa le pois jaune et lisse et le pois vert et ridé, et constata que les différents caractères apparaissaient alors indépendamment les uns des autres, en se combinant entre eux. Ci-contre, le compte rendu de ses expériences.

graines jaunes. Il en déduisit que la couleur verte était un caractère *récessif*, demeuré caché à la première génération, mais non perdu. Complétant ses expériences, Mendel fit intervenir non plus un mais deux caractères par plante originelle, et observa que les différents caractères apparaissaient et réapparaissaient indépendamment les uns des autres en se combinant entre eux.

Ces trois grandes lois – loi de dominance, de disjonction des caractères et de récessivité et loi de disjonction indépendante des caractères dans les gamètes de l'hybride – mettent en évidence la discontinuité du patrimoine héréditaire et sont les bases de la génétique, qui est l'étude de l'hérédité.

Les travaux de Mendel n'eurent aucun retentissement lors de leur publication. En 1901, trois biologistes, Correns, Tchermak et De Vries, redécouvrirent ces lois, qui furent alors baptisées du nom de leur inventeur.

Lors de l'ouverture d'un testament, se trouvent réunies hérédité juridique et hérédité biologique.

Hérédité juridique et hérédité biologique

L'hérédité fut d'abord une notion juridique, celle de l'*heredis* romain, l'héritier, qui est celui qui reçoit les biens que laisse une personne à sa mort. L'hérédité désigne donc le mode de transmission du patrimoine d'un défunt lorsque celui-ci ne laisse pas de testament exprimant sa volonté. En l'absence de ce document, la loi tentait de pallier cette carence; elle essayait de se rapprocher le plus possible de ce que la plupart des défunts ont l'habitude de prévoir lorsqu'ils rédigeaient leur testament, une succession agnatique (de père en fils). Ainsi la continuité est-elle assurée dans la possession non seulement des biens matériels, meubles ou immeubles, mais aussi du nom de famille ou des charges dites héréditaires, comme le fut par exemple la monarchie dans la plupart des pays.

Cette notion d'hérédité juridique fut très tôt rapprochée de ce qui paraissait une sorte de puissance mystérieuse distribuant au hasard les ressemblances, l'hérédité biologique. Il s'agit là de l'une des plus anciennes notions de la vie courante et de l'expérience commune, dont l'homme eut probablement l'intuition depuis qu'il avait pris empiriquement conscience des mystères de la reproduction, en liaison avec la découverte de l'élevage.

Les classements par races, variétés, espèces... s'imposent

L'hérédité générale, dite aussi spécifique, est celle qui fait qu'un éléphant ne peut engendrer qu'un éléphant ou un plant de tomate qu'un autre plant de tomate et qui organise les structures, les organes, les rapports entre parties, les fonctionnements propres à une espèce. Ce sont les chromosomes qui déterminent cette organisation : leur nombre et leur forme à l'intérieur des cellules d'un organisme vivant sont spécifiques et donc caractéristiques d'une espèce.

L'hérédité spécifique est également appelée raciale, puisqu'elle préside à des distinctions à l'intérieur même de chaque espèce et à la transmission de ces particularités raciales. Ainsi, à l'intérieur de celle-ci, on trouve encore de nombreuses variétés particulières : par exemple, parmi les mammifères, les antilopes appartiennent à une famille comptant de nombreuses espèces qui se différencient par la taille, la stature plus ou moins lourde ou gracile, la forme des cornes ou des yeux, la couleur du pelage, ou encore le territoire où elles ont leurs habitudes. Enfin, à l'intérieur de chaque variété ou race, qu'il s'agisse de papillon, d'antilope ou d'humain, chaque individu se distingue encore d'un autre individu par des différences parfois infimes, qui font qu'il n'est pas d'être vivant qui soit entièrement semblable à un autre.

La famille des papillons nymphalidés, aux caractères déterminés, se subdivise en sous-familles, selon leurs territoires et leurs habitudes diurnes ou nocturnes.

Histoire Naturelle, Quadrupèdes.

Les vanesses, diurnes et européennes, se divisent à leur tour en variétés : le paon-de-jour, le morio, etc. Selon les lois de la génétique, certaines de ces variétés peuvent s'hybrider entre elles (comme le loup et le chien), d'autres non.

Mais, depuis peu, cette notion est devenue moins rigoureuse par la mise au point de la technique du clonage, dont les perfectionnements ont récemment permis à une équipe de chercheurs écossais de produire une brebis clone.

Grâce au perfectionnement de la technique du clonage, le Roslin Institute a pu contrôler les divisions cellulaires jusqu'au stade de l'œuf, formé de cellules identiques. Ensuite, à l'aide de sa carte génétique, celui-ci a différencié ses cellules pour former un fœtus de brebis. Cette manipulation eut un retentissement énorme, en raison de ses possibilités d'application à l'homme.

Warning on 'human clones

Fears follow production of sheep from single cel

La carte génétique de cette brebis – baptisée Dolly – est entièrement semblable à celle de sa mère, puisqu'elle a reçu *tous* ses chromosomes et non la moitié de ceux-ci réunis à la moitié de ceux qu'aurait dû lui apporter son père. Cette technique, qui a été copiée en France pour une génisse limousine appelée Marguerite et que l'on pourrait probablement appliquer sans grandes difficultés à l'espèce humaine, pose d'énormes problèmes d'éthique et la plupart des pays ont décidé l'interdiction de ces expériences sur l'homme.

Le jeu familial des ressemblances

L'un des aspects les plus gratifiants de la recherche généalogique est probablement la découverte de photographies, de peintures, de sculptures ou parfois de simples descriptions, qui aident à se faire une idée de l'attitude et des traits de tel ou tel personnage dont on sait, par ses recherches, qu'il fait partie de ses aïeux. Il est alors difficile de résister à l'envie de chercher à retrouver dans les traits de l'ancêtre certains de ceux que l'on sait appartenir à soi-même ou à ses proches.

Les ressemblances entre les différents membres d'une famille ont de tout temps été observées avec attention, mais n'ont été expliquées qu'au XXe siècle. On a longtemps pensé, jusqu'à ce qu'on découvre que les lois de Mendel s'appliquaient aussi aux animaux et à l'homme, qu'il se produisait entre les caractères des deux parents une sorte de fusion assez semblable

au mélange des couleurs bleue et jaune pour obtenir du vert. On sait désormais que les caractères sont héréditaires et que même cachés, ils continuent à exister puisque certains d'entre eux, indépendamment des autres, peuvent resurgir d'une façon qui n'est qu'apparemment le fruit du hasard. C'est tout simplement que, d'une part, les caractères de l'homme sont trop nombreux et que, d'autre part, sa fécondité est trop faible et sa vie trop longue pour que l'on puisse observer sur de nombreuses générations et de nombreux individus la réapparition de tous les caractères, *dominants* comme *récessifs*.

L'art du portrait a produit très tôt des tableaux regroupant les membres d'une même famille; la ressemblance entre les différents personnages y est mise en valeur – et parfois renforcée par le peintre –, un peu à la manière d'un bien patrimonial, d'une sorte de gage de la pureté du sang familial. Cette recherche des ressemblances se retrouve lorsque la famille se penche sur le berceau d'un nouveau-né et qu'elle «distribue» les traits de l'enfant, nouvel ajout à la généalogie familiale, aux différents membres déjà existants de la famille. Véritable rite d'intégration, ce jeu sert à ancrer l'ancêtre comme le bébé dans la lignée et dans le connu familial.

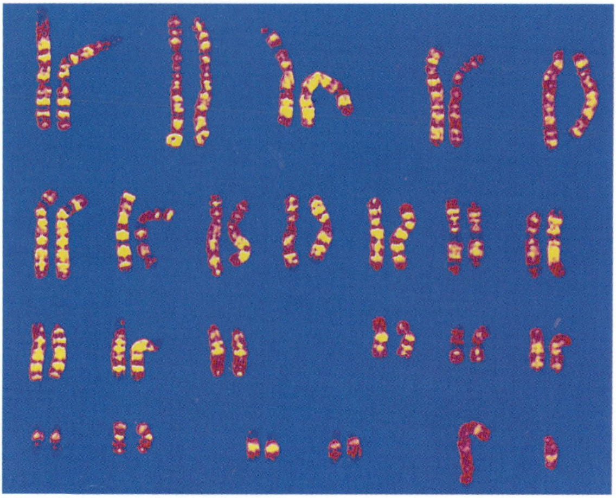

La structure de la molécule d'ADN affecte la forme d'une double hélice. Enroulés autour d'un axe imaginaire, les deux rubans forment une double chaîne où les bases, sucres et phosphates, sont soudées par des liaisons désoxyribo-acides phosphoriques; les deux hélices sont elles-mêmes liées entre elles par des liaisons hydrogènes où l'adénine est toujours appariée à la thymine et la cytosine à la ganine. Ces molécules d'ADN qui forment les gènes peuvent se dédoubler. D'autre part, les gènes ont pour fonction de construire, selon un modèle determiné, les protéines qui seront caractéristiques de l'espèce.

Ce sont les chromosomes qui sont chargés d'emmagasiner, d'archiver, les caractères héréditaires et de les faire migrer des parents à l'enfant lors de la fécondation.

Il s'agit là des éléments constitutifs du noyau de toute cellule vivante (à l'exception des globules rouges du sang). On les observe aisément grâce à leur propriété de fixer facilement les colorants – qui leur a donné leur nom, tiré de *khrôma*, la couleur, et de *somâ*, le corps –, mais ils ne sont visibles qu'au moment où la cellule s'apprête à se diviser. Coloriés, photographiés, identifiés, ils ont été classés par taille : cette présentation constitue le caryotype. On s'est rendu compte que les chromosomes fonctionnaient toujours par paires et que leur nombre déterminait l'espèce : les chiens comptent ainsi trente-huit paires de chromosomes, alors que les chats n'en possèdent que dix-neuf; l'espèce humaine est, elle, caractérisée par vingt-trois paires, soit quarante-six chromosomes.

Les chromosomes, mémoire de la vie

Dès 1903, Sutton avait affirmé que les chromosomes étaient bien le support de l'hérédité, à travers les particules qui leur sont liées, les gènes. Peu après, vers 1910, l'Américain Thomas H. Morgan révolutionna la biologie en mettant en lumière le fait que les gènes, chargés des caractères héréditaires, étaient non seulement portés par les chromosomes, mais qu'ils occupaient sur ces derniers des emplacements bien précis, appelés *loci* (lieux). Le succès de ses recherches était dû à l'emploi de méthodes précises, la statistique et l'observation microscopique directe, mais aussi au choix judicieux qu'il fit de son support de recherche, la désormais célèbre *Drosophila melanogaster*, ou mouche du vinaigre, qui s'avéra convenir parfaitement aux recherches portant sur la génétique. Elle est encore aujourd'hui le support de bien des recherches, en particulier en ce qui concerne les mutations génétiques; ainsi, un chercheur probablement doté d'un humour un peu ravageur a pu obtenir récemment, en modifiant la disposition de certains de leurs gènes, des mouches du vinaigre dotées d'yeux au bout des pattes.

La mouche drosophile (ci-dessus) est le premier animal dont la carte génétique fut parfaitement connue. Il n'en va pas de même de la carte génétique de l'homme, autrement plus complexe et qui comporte de vastes zones d'ombre, éclairées peu à peu par les progrès de la génétique.

L'extraordinaire molécule d'ADN

Si on comparait les chromosomes à des bibliothèques ou des dépôts d'archives, les gènes en seraient les livres. Placés en séries linéaires tout au long des chromosomes, comme les perles d'un collier, les gènes en sont les principes actifs spécialisés.

Ces derniers sont constitués d'une substance chimique découverte en 1952 par deux chercheurs britanniques, Maurice Wilkins et Compton Crick, et un Américain, James Watson : l'acide désoxyribonucléique ou ADN (en anglais DNA).

Cette étonnante molécule, par sa représentation en rubans enroulés comme à l'infini, et par l'énorme champ de possibilités qu'elle présente, est un véritable support du rêve, considéré souvent avec le respect un peu réticent qui s'attache aux structures extraordinairement complexes et difficiles à appréhender. C'est bien là pourtant que se trouve enfermé le secret, en partie dévoilé, de la transmission des caractères à travers les différents individus qui forment la chaîne de la lignée et la trame du lignage. Dès lors qu'il existe un caractère inscrit dans un gène, il se transmet, quel qu'il puisse être, bon ou mauvais.

Le montage photographique habile de ce portrait en double montre bien les difformités provoquées par la pycnodysostose chez le peintre Henri de Toulouse-Lautrec. Cette maladie, qui se révèle au moment de la puberté, est due à un gène récessif. Demeuré caché et passif durant plusieurs générations, il est réapparu en raison de l'existence dans l'ascendance du peintre de plusieurs mariages entre cousins germains, qui ont engendré deux sujets homozygotes, eux-mêmes sains, mais qui, en se mariant, ont entraîné la résurgence du gène taré.

La transmission des tares héréditaires

C'est ainsi que certaines malformations et certaines maladies peuvent se transmettre d'un individu, qui les aura reçues de ses ancêtres, à ses descendants, même si tous ne sont pas affectés par les caractères tarés en question. Ces maladies sont dues aussi bien à des caractères *dominants*, comme pour la brachydactylie, une atrophie des os de la deuxième phalange, que *récessifs*, ainsi que l'est l'albinisme, qui s'extériorise par l'absence de pigmentation des cheveux, des yeux et de la peau. Ce sont les caractères dominants qui sont responsables des maladies qu'on pourrait dire régionales, comme le goitre, grosseur du cou due à un dérèglement de la glande tyroïde, en Savoie et Dauphiné, ou la luxation congénitale de la hanche en Bretagne. Cette maladie est héréditaire mais ne s'exprime sous l'aspect d'une luxation complète que dans certaines conditions particulières et c'est à l'alcoolisme qui a sévi longtemps dans cette province qu'il faut en imputer la fréquence. Les maladies induites par des gènes récessifs sont moins répandues et, concrètement, s'expriment surtout lorsqu'il existe dans la famille des unions consanguines. La maladie dont était atteint le peintre Henri de Toulouse-Lautrec, la pycnodysostose, une forme grave de fragilité osseuse, était de ce type. Il n'en a été affecté qu'en raison d'un taux élevé de consanguinité dans son ascendance.

L'extraordinaire ressemblance entre le tsar Nicolas II et le futur roi George V vient de leurs nombreuses parentés communes; mais cette forte consanguinité a aussi entraîné l'hémophilie du tsarévitch Alexis, le fils du tsar.

Les maladies génétiques

Les maladies héréditaires peuvent affecter toutes les parties du corps humain, aussi bien le squelette que la peau, les muscles (la myopathie), les yeux (le daltonisme) ou les molécules (l'hémophilie ou la mucoviscidose). De même, certaines maladies du système nerveux sont-elles héréditaires, telles certaines formes d'épilepsie, la schizophrénie, la psychose maniaco-dépressive, dont fut probablement atteint le roi Charles VI (1380-1422), qui la tenait de sa mère la reine Jeanne de Bourbon, laquelle l'avait probablement

héritée de son arrière-grand-père, Robert de France, comte de Clermont et sire de Bourbon; il est possible de retrouver cette maladie chez le dernier comte de Forez, Jean II, dont la mère était la sœur de la reine Jeanne, et même, sous des formes plus légères, chez le duc Charles Ier de Bourbon, leur petit-neveu, ainsi que chez le duc Charles III de Bourbon, le fameux connétable.

On comprend toute l'importance que revêt la généalogie dans l'observation et le traitement de telles maladies. Dans certains cas, il est ainsi possible de remonter très avant, de génération en génération, dans l'analyse d'une malformation et d'en constater les processus d'extension ou d'extinction : le célèbre prognatisme des Habsbourg peut ainsi être observé, transmis sans interruption pendant trois siècles et à travers neuf générations…

L'observation des maladies héréditaires est plus facile à faire en ce qui concerne les familles royales, où, pour des raisons dynastiques, la généalogie revêt une grande importance. Le tableau dynastique des Wittelsbach que fit peindre en 1880 le roi Louis II de Bavière (1864-1886), dans son château de Herrenchiemsee, se révèle aussi un tableau clinique, expliquant sa faiblesse nerveuse, ainsi que la folie de son frère et successeur, le roi Othon Ier.

Une technique millénaire au service d'une science nouvelle

De même, il est souvent nécessaire de dresser de gigantesques tableaux généalogiques, destinés à repérer dans un lignage, incluant les parentés horizontales, les «sujets à risques» d'une famille touchée par un ou plusieurs gènes porteurs d'une maladie héréditaire. Ce fut le cas des chercheurs américains qui entreprirent l'étude d'une grave maladie du cerveau, la chorée de Huntingdon, ou danse de Saint-Guy, au sein d'une ethnie indienne de la jungle de Colombie. On conçoit la difficulté d'établir ce type de document dans une contrée où la parenté est dépendante de la seule mémoire, même si celle-ci fonctionne souvent de façon étonnante; la parenté entre les vivants est généralement connue, mais les degrés sont souvent incertains, et le souvenir des morts tend à se perdre vite dans la légende. En revanche, dans les pays qui utilisent l'état civil, la tâche des généticiens est plus aisée, aussi hésite-t-on moins à y recourir.

Lors de la visite médicale préalable au mariage, par exemple, on demande aux fiancés de signaler les cas éventuels de maladies héréditaires dans leurs familles et, si nécessaire, le médecin peut-être amené à établir une généalogie afin d'avertir les futurs époux des risques existants.

Le prognatisme des Habsbourg s'observe sans interruption depuis le duc de fer, Ernest d'Autriche (1377-1424), jusqu'au roi Charles II d'Espagne (1661-1701). On en constate même la réapparition, moins régulière, chez les Bourbons d'Espagne, par le vecteur de la reine Marie-Thérèse, de Philippe V, le premier d'entre eux, jusqu'au roi Alphonse XIII.

Pedigrees, stud books, herd books

On voit que si la généalogie est éclairée par la génétique, qui en explique les mécanismes et fait comprendre le poids de l'hérédité, elle vient également au secours de cette science encore neuve et lui fournit une méthode de recherche et des cadres bien définis et éprouvés. C'est pourquoi, les lois

de Mendel s'appliquant à toutes les espèces vivantes, il était naturel d'imiter pour les animaux domestiques les procédés généalogiques élaborés pour l'espèce humaine. Les premières généalogies d'animaux ont d'ailleurs été dressées de façon empirique , à l'imitation des généalogies humaines, dans une perspective très élitiste.

Il s'agissait en effet du cheval, animal noble par excellence, et surtout de sa race la plus aristocratique, le cheval de course, le *race horse* anglais. Ses propriétaires en firent souvent une sorte

La sélection des chevaux ou des chiens de grande race se faisait déjà de façon assez structurée depuis le Moyen Age, dans les grandes écuries ou chenils royaux et princiers. Arabian Godolphin, sujet de ce tableau du XVIIIe siècle, est l'ancêtre de nombre des pur-sang actuels.

‹AL› STUD-BOOK;

‹…NG› (WITH FEW EXCEPTIONS)

‹o›f every Horſe, Mare, &c.

de double d'eux-mêmes : un tel animal ne pouvait donc être «né de rien»… Afin d'obtenir des chevaux toujours plus rapides, les éleveurs anglais reprirent les méthodes de sélection élaborées par les éleveurs arabes pour améliorer la résistance et la sobriété de leurs montures, et en systématisèrent l'usage.

Comme l'homme, dont l'appartenance à la noblesse se prouvait au moyen d'une généalogie, le cheval de course, appelé aussi pur-sang, fut doté vers le milieu du XVIIIe siècle d'une généalogie prouvée par l'inscription scrupuleuse dans les *stud books* ou livres de haras, qui sont l'exacte réplique des «nobiliaires» en usage à cette époque. Nés en Angleterre, où le premier volume du *General Stud Book* fut édité en 1791, ils furent bientôt imités dans toute l'Europe, en conservant un vocabulaire et des pratiques typiques de leurs origines. En France, la pratique fut d'abord coutumière, puis une ordonnance royale du 3 mars 1833 créa le *Registre matricule pour l'inscription des chevaux de race pure existant en France*. Puis, à l'imitation des habitudes des éleveurs de chevaux, se mirent aussi en place des documents équivalents pour d'autres compagnons de l'aristocratie, les chiens de chasse.

Certaines régions d'élevage intensif pratiquaient depuis longtemps la sélection des races. C'est le cas, par exemple, dès le XIIe siècle, en Bretagne, pour la production du destrier, le grand et coûteux cheval de remonte des chevaliers, qui s'exportait dans toute l'Europe de l'Ouest. L'une des raisons de l'extension de la guerre de Cent Ans à la Bretagne fut la volonté des Anglais de mettre la main sur ce centre de production, comparable à un arsenal. A partir du XVe siècle, les Espagnols sélectionnèrent aussi un cheval, le genet, surtout utilisé pour les parades, mais aux étonnantes qualités de résistance, sobriété, vitesse et docilité, qui devint l'un des cadeaux envoyés par les rois d'Espagne à ceux qu'ils voulaient honorer. Les livres de pedigrees (ou lignage) permirent de faire participer tous les éleveurs, petits et grands, à l'élaboration ou au maintien des grandes races animales.

BLOSSOM,

Bred by Lord GROSVENOR, foaled in 1782, got by Protector, her dam, Flora, by Squirrel, out of Angelica.

1786. f. by Turf — —
1789. c. *Warrior*, by Diomed — —
1790. b. f. *Bella Donna*, by Diomed — } Mr. Panton.
1791. br. c. by Falcon — —
1793. b. c. *Rhododendron*, by Diomed —

Les pedigrees flatteurs exposés aux salons de l'agriculture, aux comices et aux foires agricoles (ci-dessus, un taureau limousin fièrement présenté par son propriétaire) peuvent paraître ridicules aux yeux des sociétés urbaines, mais ils sont le reflet de l'amour du travail bien fait et du savoir-faire entretenus dans une élite des éleveurs, lesquels sont souvent eux-mêmes les représentants de véritables dynasties.

Au XIXe siècle, la création de nombreuses races aboutit à l'établissement de documents généalogiques canins spécifiques à chaque race. Leur importance s'est encore accrue au XXe siècle par le commerce intense des chiens de compagnie : la valeur d'un chien doté d'un pedigree est sans commune mesure avec celle d'un chien dit bâtard.

Quant aux animaux destinés à l'alimentation humaine, les recherches pour améliorer les races existantes ont aussi abouti à la création de livres généalogiques, que l'on désigne également par leur nom anglais, *herd books,* ou livre de troupeau, pour les bovins, *flock books* quand il s'agit de moutons et *pig books* ou *herd books* pour les porcs; ils font connaître les bons élevages ainsi que les bonnes lignées et seuls y sont inscrits les animaux capables de maintenir ou de perfectionner la race à laquelle ils appartiennent. L'espérance de vie d'un animal de boucherie étant bien inférieure à celle des êtres humains, il est possible de produire pour une vache ou un porc de grande race une impressionnante succession d'ancêtres, dont les propriétaires tirent une légitime fierté.

Une généalogie de l'évolution des espèces

Il est également un domaine des sciences de la nature qui utilise le terme de généalogie, celui des biologistes et des paléontologues, qui étudient l'évolution du règne animal. Il s'agit en fait plutôt d'une présentation en

BRACCO TEDESCO, disponibili cuccioli alta genealogia, genitori buoni cacciatori, adatti anche per gare.

L'élevage des chiens de race fait l'objet d'un commerce intense, mettant en avant la qualité des «parents» (qualités de chasseur pour certaines races, de gardien ou de berger pour d'autres) que l'on espère retrouver dans le «produit» (ci-contre, une annonce).

forme d'arbre généalogique que d'une véritable généalogie. Lorsque la théorie de l'évolution commença à émerger, les biologistes qui étudiaient l'origine des espèces trouvèrent pratique de reprendre, en l'adaptant à leurs idées, le vieux schéma éprouvé de l'arbre portant des rameaux et des feuilles. Le premier à l'utiliser fut le naturaliste allemand Ernst Haeckel (1834-1919), mais son essai était encore prématuré. Le contenu de son étude fut très critiqué, mais la forme, pratique et séduisante, fut reprise par de nombreux autres zoologistes. Les races les plus anciennes sont placées en bas et celles qui en sont issues au-dessus d'elles, selon le principe des générations. Selon ce qu'on désire exprimer, ces arbres généalogiques du règne animal peuvent être très généraux ou, au contraire, extrêmement précis. Dans le premier cas, il s'agit surtout de montrer le processus général de l'évolution et l'arbre s'étend alors sur plusieurs ères; c'est un matériel didactique où les différentes races connues sont représentées par de petites figurines sur un graphique en arborescence. Les plus précis sont au contraire le résultat de recherches extrêmement complexes qui exigent autant d'intuition que de connaissances bien structurées dans des domaines très vastes.

Le schéma de base des arbres généalogiques de l'évolution du règne animal, élaboré par Ernst Haeckel (ci-dessous), est une forme en Y ramifié.

Issue directement du culte des ancêtres, la généalogie primitive accompagne la naissance des civilisations. Elle cristallise la notion de famille, elle conforte celle de l'Etat et c'est avec elle que naît l'histoire écrite. Dans toutes les civilisations antiques, elle se révèle l'une des composantes essentielles des religions et elle effectue par le biais des lignages royaux l'indispensable lien entre les dieux et les hommes.

CHAPITRE II
UNE GÉNÉALOGIE DOMINÉE PAR LES DIEUX

Tous les mythes qui concernent la création de l'homme par les dieux font nécessairement appel à la généalogie. La Bible y fait constamment référence, à partir d'Adam et Eve (à gauche) depuis les origines, ou à partir de Noé (ci-contre), après le Déluge.

Généalogies de tradition orale

Telle que le lecteur occidental la conçoit aujourd'hui, la généalogie expose par écrit, au moyen de graphiques ou de textes, le résultat de recherches menées dans des archives de toutes natures où, depuis des siècles et même des millénaires, l'activité collective et individuelle de notre société laisse des traces écrites. Il ne faudrait pas pour autant conclure de notre façon de pratiquer la généalogie qu'elle n'est pas accessible aux sociétés qui ne connaissent pas l'écriture. C'est au contraire dans ces sociétés que le rôle de la famille est le plus important, à la fois comme protection et comme contrainte. Il y est donc primordial, d'une part, de connaître les

membres de cette famille et, d'autre part, d'être connu d'eux. L'individu est ainsi intégré au sein d'une institution destinée à assurer la continuité de la race; il y connaît sa place et sait de quel champ d'activité il y dispose. La parenté s'exprima d'abord dans le clan, où les jeunes recevaient la protection de leurs aînés et où les vieux apportaient leur

La hiérarchie des membres de cette suite royale ghanéenne tient aux liens familiaux souvent subtils qui les apparentent au monarque régnant.

expérience. Quant aux morts, ils continuaient, depuis un au-delà de nature variable, à protéger leur descendance grâce aux pouvoirs supérieurs que leur offrait leur nouvel état.

La survie des ancêtres dans les rêves des vivants

Dans son ouvrage *Evolution of the Idea of God*, l'anthropologue américain Grant Allen cite une peuplade dont le chef envoyait à ses ancêtres de véritables messages, en les récitant à un esclave auquel il faisait couper la tête afin qu'il pût s'acquitter de sa mission; les ancêtres répondaient par les rêves. De telles pratiques religieuses impliquent une connaissance de la succession des générations, l'une engendrant la suivante, qui est la base même de la généalogie. Que celle-ci soit ainsi comme née des rêves mêmes de nos ancêtres montre combien la dimension onirique de la généalogie est grande; au fil du temps, les façons d'exprimer cette dimension ont évolué, mais elle s'est conservée, intacte, jusqu'à nos jours.

Les sociétés claniques possèdent donc une conscience généalogique ancrée dans la vie quotidienne autant que dans le mythe.

Une partie de l'enseignement que dispense ce griot dogon du Mali (à gauche) consiste en la récitation de généalogies parfois très étendues. Elles participent de la culture orale de chaque peuple et de chaque tribu. En Australie, ces étranges peintures (ci-dessous) sont le reflet onirique des ancêtres, dont l'étagement montre la succession, alors que le chemin les relie aux vivants. Religion et généalogie sont ici indissociablement liées.

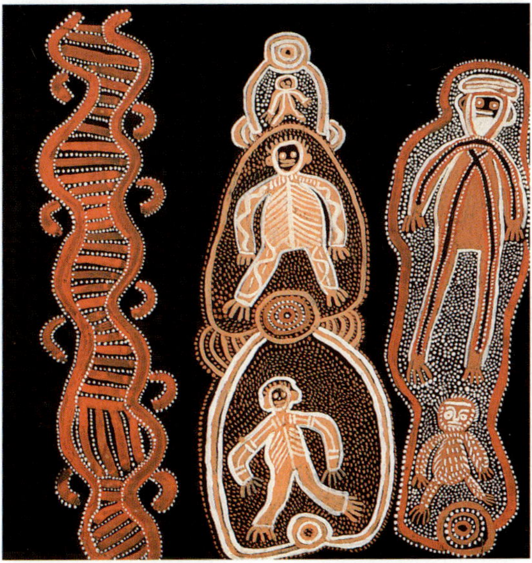

Entièrement dépendante de la mémoire individuelle et collective, basée sur la récitation de traditions souvent mises en poèmes, leur façon de concevoir la parenté est tout à fait différente de la nôtre : le point d'origine est toujours connu et il n'est pas forcément humain; beaucoup de tribus ou de clans se disent descendre d'un animal ou même d'un phénomène naturel. De même, la parenté vivante, celle qui forme ce qu'on appelle la généalogie «horizontale», est bien maîtrisée et les sociétés les plus évoluées y ajoutent un classement hiérarchique.

Un besoin de légitimité

En effet, au dernier stade de sa maturation, le clan disparaît pour engendrer deux institutions complémentaires, l'Etat et la famille. Cette naissance double ne se fait pas brusquement. Elle résulte d'une évolution dans laquelle la généalogie joue un rôle de catalyseur et de mise en mémoire de l'avancée ainsi accomplie. L'état primitif restant centré sur la personne du monarque qui l'incarne, sa famille devient très importante : le roi tire généralement sa légitimité du fait qu'une personne de sa famille, le plus souvent son père, a déjà été roi avant lui. De même, il aura soin d'assurer à sa descendance, prolongement de lui-même et de son action

Les noms de la liste des rois prédécesseurs de Ramsès II gravée dans le temple d'Abydos sont tous marqués du même signe solaire, symbole de la pérennité de l'Egypte. La stèle babylonienne où Adar-etir bénit son fils est un monument dynastique : les dieux du Soleil et de la Lune y légitiment le trône de leurs descendants. La cour du roi des Abrons en Côte d'Ivoire, qui célèbre ici la fête des ancêtres, est composée presque uniquement de membres de sa famille élargie. Ce sont également des ancêtres, divins ou semi-divins, qui, superposés, forment le totem de cette tribu d'Indiens du Canada.

politique, la succession paisible dans la fonction royale. Par le jeu des mariages à l'intérieur de sa famille, il peut se ménager des alliances. Enfin, il cherchera à se créer un réseau de partisans, sa noblesse, ses guerriers et ses fonctionnaires, dont les familles reproduisent à leur échelle celle du roi. Tout ceci est donc cimenté par la connaissance des ancêtres, ceux du roi comme ceux des nobles, connaissance qui s'exprime par la généalogie.

Les listes royales et la naissance de l'histoire

Cette évolution précède de peu l'apparition de l'écriture, et l'importance de la généalogie dans les toutes premières civilisations est bien démontrée par le fait que les premiers textes qui ne soient pas de simples aide-mémoire comptables sont justement des listes royales. On observe ce fait dans tous les grands foyers anciens de civilisation, en Mésopotamie, en Egypte, en Chine, et l'histoire commence par ces textes généalogiques. Les plus anciennes listes royales sont celles mises au jour à Fâra et Abû Salabih, l'une des cités-Etats de la Moyenne-Mésopotamie appelée alors Shuruppak, et les archéologues les datent de 2700-2600 av. J.- C. Plus tard, en Chine, où les modes de pensées sont très différents de ceux du Croissant fertile, le même processus se reproduit pourtant et les premiers textes historiques sont destinés à fixer la mémoire des dynasties préhistoriques, les Xia et les Shang.

Désormais, à la très ancienne connaissance généalogique en lignée et horizontale du cousinage et des alliances, s'ajoute une nouvelle conception de la généalogie, la lignée verticale où les ancêtres s'accumulent à la façon d'un patrimoine, les uns au-dessus des autres, de génération en génération. Mise en œuvre par ce nouveau support qu'est l'écriture, la lignée est encore valorisée par l'importance que prennent peu à peu la littérature, l'histoire et les archives sur la mémoire, vecteur traditionnel du lignage.

L'ensemble des grands dieux sumériens portait le nom collectif de Anunnaku, «progéniture du prince-divin». En intégrant ce groupe, Gilgamesh (à gauche) devenait le fils de An, dieu du Ciel, fondateur de la dynastie divine. Il siégeait dans l'Eanna, ou temple du Ciel.

Les plus anciennes divinités dont on ait retrouvé des représentations (ci-dessous) sont des déesses-mères, aux formes plantureuses, semblables à celles de Catal Huyuk. Elles sont un symbole de prospérité pour leur descendance.

La cuirasse de l'empereur Hadrien (à droite) est ornée de la représentation des jumeaux divins fondateurs de Rome.

Les dieux, ancêtres éponymes des hommes

Le sentiment d'appartenance à un clan/nation conçu comme une famille très élargie reste pourtant très fort durant toute l'Antiquité. Il s'exprime par des généalogies mythologiques qui donnent aux dieux une famille, dont les familles humaines sont considérées comme le reflet et surtout qui donnent aux grandes lignées, presque toujours royales, une origine divine ou héroïque. Les dieux les plus archaïques étaient probablement des hommes dont les actions avaient fait l'admiration de leurs contemporains et auxquels ils rendirent un culte après leur mort.

Ainsi Gilgamesh, roi d'Uruk au second quart du IIIe millénaire, devint très tôt le héros d'une épopée célèbre; il accéda ainsi à la divinité et prit rang parmi les grands dieux suméro-babyloniens.

En Grèce aussi, la parenté entre les différentes composantes de la nation hellène s'exprimait au moyen d'une généalogie divine : selon Hérodote, tous les Grecs descendaient d'Hellen, fils de Deucalion, lui-même fils de Prométhée et seul survivant, avec son épouse Pyrrha, du déluge déclenché par Zeus. Hellen engendra Aiolos, père des Eoliens, Doros, père des Doriens et de Xouthos. Ce dernier engendra à son tour Achaios et Ion, que les Achéens et les Ioniens reconnaissent comme ancêtres éponymes.

Les dieux de l'Olympe forment une vaste famille, aux mœurs assez relâchées, et qui n'hésitent pas à interférer dans les affaires familiales des hommes. Ainsi, Alcmène (ci-dessus) engendra-t-elle Hercule des œuvres de Zeus.

De Vénus et Mars aux divins empereurs

Rome reprit à son compte la très vieille tradition des ancêtres divins de ses fondateurs. Romulus et Rémus sont les fils de la vestale Réa Silvia et du dieu Mars, qui l'avait séduite dans le bois sacré où elle était venue puiser de l'eau pour un sacrifice.

Plus tard le mythe s'enrichit d'une autre ascendance divine, celle de Vénus.
Ce mythe, qui faisait de Rome la petite-fille de Troie, forme le sujet de l'*Enéide*, l'immense poème de Virgile (mort en 19 av. J.-C.), resté inachevé. Virgile créait une grandiose épopée nationale, mais il s'agissait également d'un manifeste politique en faveur de son ami Octave, devenu l'empereur Auguste.

Au moment où les Julio-Claudiens cherchaient à établir sur la Rome républicaine un pouvoir de type monarchique, il était bon de rappeler que la *gens* Julia, dont Jules César était le plus illustre représentant, descendait ou disait descendre directement de Iule, fils d'Enée et petit-fils de Vénus. Cette ascendance divine contribua grandement à asseoir le *numen imperatoris*, c'est-à-dire le caractère divin de la personne de l'empereur.

Le pouvoir de la «gens»

La généalogie avait eu dès les origines une importance très grande à Rome et elle devint un remarquable support de la propagande politique des empereurs. La famille tint un rôle prépondérant à Rome tout au long de son histoire. La loi des XII Tables lui consacrait déjà une place considérable, qui ne fit que croître par la suite. Une longue lutte avait opposé le patriciat à la plèbe sous la République; or la distinction entre la plèbe et le patriciat était que l'une était formée des Romains dépourvus d'aïeux alors que l'autre était regroupé en *gentes*, clans familiaux dont les membres se reconnaissaient un ancêtre commun. Les patriciens tenaient leurs pouvoirs politiques et religieux de leurs ancêtres ainsi que leur patrimoine et ils tenaient à faire connaître la lignée dont ils étaient issus.

L'*atrium* des maisons patriciennes était souvent décoré de portraits de famille reliés entre eux par des rubans ou des guirlandes, les *stemmata*, qui partaient de l'ancêtre commun. Ces généalogies figurées ne nous sont malheureusement connues que par des descriptions d'auteurs comme Pline l'Ancien ou Sénèque, mais elles sont trop imprécises pour qu'on puisse en faire une reconstitution convaincante. La spectaculaire diffusion du portrait sculpté, dont l'importance fut si grande dans l'histoire de l'art romain, a aussi son origine dans le culte rendu aux ancêtres.

Leurs masques funéraires en cire, les *imagines*, étaient précieusement conservés dans des armoires spéciales, exposées autour de la dépouille des défunts, puis, au moment du cortège funèbre, portés par des serviteurs dont la place dans le défilé était déterminée par celle occupée par l'ancêtre ainsi incarné au sein de la lignée. Le mort, qui s'était toute sa vie prévalu de l'ascendance de ses aïeux, devenait alors lui-même un ancêtre. Il était accueilli dans le panthéon familial où il contribuait au renom de sa famille.

L'influence de la *gens*, la parenté large, s'estompa assez tôt, à mesure que grandit la notion de *familia*, cellule plus restreinte, placée sous l'autorité sans partage du *pater familias*, mais l'importance de la généalogie ne s'en trouva pas affaiblie : chaque *familia* se reconnaissait encore dans la succession de ses ancêtres et se rattachait par elle au grand ancêtre, point d'origine de la *gens*.

Les nombreuses représentations d'événements liés à la rédaction ou à l'ouverture de testaments à Rome (à gauche) montrent toute l'importance que revêtait ce document pour la société, dont le droit était subordonné à l'organisation en *gentes*.

Le patricien Barberini, portant deux des *imagines* de ses ancêtres (à gauche), exprime avec dignité sa fierté d'appartenir à une famille qui compte des personnages illustres, ainsi que la responsabilité qu'il ressent à l'égard de cette lignée, dont il se sait le garant autant que l'héritier.

Ce n'est qu'avec les grandes invasions barbares que l'on voit régresser la généalogie, en même temps que la notion de famille, l'un des piliers de l'Etat qui s'effondrait alors; pourtant, elle ne s'évanouit pas complètement et elle reparut, adaptée aux droits barbares, transformée par des apports bibliques ou celtiques et par des innovations, portée par cette force nouvelle qu'était l'Eglise chrétienne.

Les nombreuses généalogies citées par la Bible, en particulier dans la Genèse, ont fasciné les hommes du Moyen Age. Ils en ont parfois tenté la synthèse dans des tables extraordinairement complexes, telle que cette table généalogique acrostique du XIe siècle, où les noms s'entrecroisent à partir d'initiales communes. Ce jeu subtil était probablement destiné à montrer l'élan de la lignée d'Abraham et de David, dans l'attente de la naissance du Christ Sauveur.

La Bible, synthèse des généalogies orientales

En effet, alors que les dynasties impériales se succèdent dans Rome à un rythme parfois soutenu, croît en Occident l'importance d'un document au destin sans précédent, où la généalogie tient un rôle considérable, la Bible.
Elle introduit dans les sociétés occidentales le riche apport des traditions religieuses des civilisations très anciennes du Croissant fertile, Mésopotamie, Egypte et, naturellement Palestine, à commencer par sa conception des origines de l'humanité. La Bible explique comment Dieu a créé le monde, dont un homme unique est l'aboutissement.

Une fois l'univers installé, Dieu modèle dans la boue le premier homme à son image

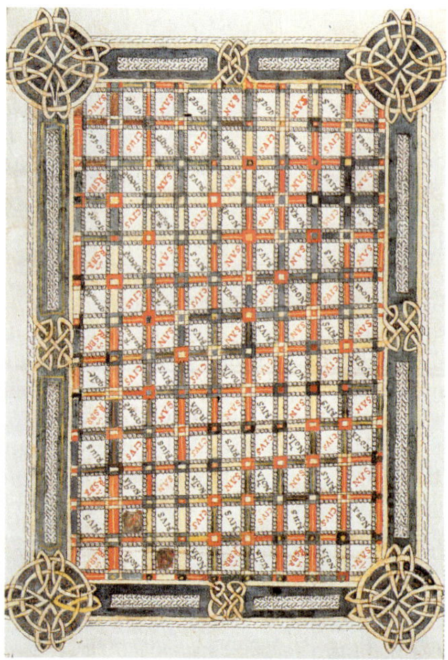

et tire de la substance de celui-ci la première femme. Il fait don de l'univers à ce couple et lui ordonne de le peupler (Gen. II, 7-25). L'ensemble de l'humanité est donc issu de l'union d'Adam et d'Eve et ce couple primordial occupe le sommet d'une gigantesque pyramide de descendants qui, effectivement, prennent possession du monde. Certains chapitres de la Genèse, le premier livre de la Bible, sont presque entièrement consacrés aux généalogies des descendants d'Adam. Elles sont toutes élaborées sur le même modèle : la lignée stricte, où le père engendre un fils, qui est le père d'un autre fils, sur autant de générations qu'il est nécessaire; en sont exclus les épouses et les autres enfants, garçons et filles; parfois quelques fils cadets sont cités, mais rarement leur descendance. Il s'agit là du reflet de la vision que les anciens Hébreux avaient de leurs familles et ce schéma va influencer les généalogies occidentales jusqu'à l'époque moderne.

A l'époque de Noé (à gauche), l'humanité, vouée à la destruction par le Déluge, connaît une nouvelle naissance et Noé incarne un second Adam. Ses fils, Sem, Cham et Japhet, seront les souches des grandes races humaines. La Bible consacre deux chapitres entiers (Gen. X et XI) à leur énumération généalogique. Après Abraham (à droite), la lignée est plus spécialement axée sur les ancêtres du Christ.

·ROBOAM·
ABRAHAM

A partir des modèles généalogiques religieux, ceux des hagiographies et de l'arbre de Jessé, s'élabore au Moyen Age une génalogie qui sert de support à la légitimité politique des souverains. Lorsque la généralisation du système féodal eut dispersé les pouvoirs régaliens entre les mains des comtes, puis des seigneurs, la généalogie devient aussi pour ces derniers un moyen d'asseoir leur pouvoir.

CHAPITRE III
LE MOYEN ÂGE, ENTRE RELIGION ET POUVOIR

Au Moyen Age s'élaborent certains modèles, comme l'arbre de Jessé (à gauche, détail d'une peinture de Holbein), et certains cadres, telle la jurisprudence notariale (ci-contre), qui ouvrent de nouveaux champs à la généalogie. Notre façon actuelle de concevoir celle-ci est directement issue de ces racines médiévales.

L'Eglise et les généalogies barbares du haut Moyen Age

Lorsque s'écroule l'Empire romain sous la poussée des Barbares, l'Eglise, avec ses institutions bien structurées, constitue le seul élément de stabilité dans un monde livré à l'anarchie. Pour tout le haut Moyen Age, il semble que la généalogie écrite subisse une phase de repli, sauf en ce qui concerne celles des

rois, et que seule la mémoire des hommes en soit le support actif; encore ne sait-on pas jusqu'où elle permettait de remonter. Les fragments qui apparaissent dans les œuvres littéraires ou historiques semblent démontrer que sa limite la plus commune se trouvait à trois générations au-dessus du «sujet», mais d'autres textes, de nature plus juridique, laissent penser au contraire qu'il était possible de faire remonter les souvenirs jusqu'à la septième génération, celle-là même qui importait pour déterminer la consanguinité lors des mariages.

Pendant toute cette longue période, les clercs adaptent progressivement les anciens modèles

L'œuvre législative de l'empereur byzantin Justinien (ci-dessous) a consisté à remettre en forme l'ancien droit romain et à le réajuster à la lumière de la religion chrétienne tout en y ajoutant une part personnelle importante. C'est ce nouveau droit romain que les clercs du Moyen Age connaissent et utilisent en parallèle à d'autres droits, d'origine locale (souvent celtique) ou germanique. Leur conception de la famille oscille entre ces deux tendances mais, dès le XIIe siècle, le courant romain s'impose de plus en plus.

culturels romains et bibliques de la lignée agnatique, dont ils sont les dépositaires, aux tendances dans la société laïque des généalogies germaniques, nordiques ou celtiques, qui donnent autant d'importance aux familles alliées qu'aux ancêtres directs. La réapparition de la généalogie savante se fait donc par le biais de généalogies religieuses, dans le domaine hagiographique.

Généalogies des saints

Les généalogies de saints connurent un succès considérable dès les premiers siècles du Moyen Age, succès qui se poursuivit très longtemps, au moins jusqu'au XVIIe siècle et même, pour certains écrits hagiographiques, jusqu'à l'aube du concile Vatican II (1962-1965). Le but principal de ces écrits est en effet d'établir la parenté du saint dont on fait la biographie avec un ou plusieurs autres personnages : d'autres saints, des rois ou des princes, des évêques ou des papes, voire des représentants de la famille du Christ ou des apôtres. C'est ainsi qu'un certain Jocundus composa vers 1075 la *Vita Servatii*, dont la généalogie liminaire rattachait saint Servais de Maestricht à Jean-Baptiste et au Christ,en utilisant pour cela des éléments déjà signalés vers 980 par Hériger de Lobbes.

Les généalogies de saints sont présentées sous des formes très variées. Tardivement, elles prirent souvent la forme de grands tableaux colorés, illustrés de personnages et d'armoiries (ci-dessus, le retable de sainte Renelde).

Le rattachement familial d'un saint à d'autres personnages se fait parfois au prix de véritables acrobaties généalogiques, que les auteurs préfèrent souvent «styliser» : certains degrés sont souvent omis et d'autres inventés. C'est qu'en filigrane apparaissent les intentions politiques que recouvrent la plupart des généalogies anciennes.

A l'inverse, les généalogies de laïcs ne manquent pas de préciser la présence d'un ou si possible plusieurs saints dans leur famille.

En vérité, à partir du VIe siècle, l'Eglise fait jouer à de nombreux saints le rôle tenu dans les sociétés antiques et barbares par les héros et les dieux éponymes, souche et origine des peuples et des dynasties royales; on le voit bien dans les généalogies royales des petits royaumes de Grande-Bretagne, où le dieu angle Wodan est progressivement évacué au profit de saintes (souvent) ou de saints locaux.

L'arbre de Jessé

La présentation des généalogies de saints se modèle sur les modes en vigueur à leur époque; les simples énumérations d'ancêtres ou les tableaux de généalogies descendantes s'étoffent et deviennent de courtes chroniques ou des arbres généalogiques. Cette présentation de la généalogie d'une famille sur les branches d'un arbre, comme

La composition la plus courante de l'arbre de Jessé représente le père du roi David endormi; de son cœur ou de son bas-ventre jaillit un arbre aux branches étalées ou enroulées en rinceaux, portant les rois, ancêtres charnels du Christ (à gauche). De chaque côté, souvent portés par des prolongations des branches, trouvent place des prophètes, ses ancêtres spirituels. Les personnages sont parfois nommés, mais tous les ancêtres du Christ n'étant pas représentés, les artistes préfèrent souvent les laisser anonymes.

A partir du XVe siècle, les riches chapitres ou évêchés commencent à passer commande de représentations ambitieuses des généalogies de leurs saints patrons, où les personnages qui composent ces généalogies sont représentés par un portrait, accompagné d'un cartouche portant leurs noms et titres et souvent leurs armoiries. La collégiale de Mons, en Belgique, conserve ainsi un vaste panneau de bois peint, intitulé *Le Parentage . S . Wauldrud. Comtesse de Hainault* (pages suivantes), sans doute commandé par une chanoinesse du chapitre en 1577. Cinquante-huit personnages peints en buste composent, à partir des *Vies de Saints* du XIe siècle, une généalogie de sainte Waudru (VIIe siècle) depuis son ancêtre Carloman de Landen, représentés tous deux en pied, en haut et en bas de l'arbre. Des branches, stylisées sous forme de rinceaux, relient entre eux les différents membres du lignage, qui semblent naître d'une inflorescence colorée. Chacun d'eux est accompagné d'un cartouche portant leur nom suivi de quelques éléments biographiques et de leur armoirie, placée près de la tête.

on le voit dans le tableau du lignage de sainte Waudru, fut l'une des innovations médiévales qui accompagnèrent le renouveau de la généalogie savante en Occident. Elle apparut dès le XIIe siècle dans le domaine religieux, avec une figure célèbre, l'arbre de Jessé, nom sous lequel on désigne traditionnellement l'arbre généalogique du Christ, depuis Jessé, père du roi David.

Cet arbre traduit en images une combinaison des versets du prophète Isaïe annonçant la venue du Sauveur, et de la généalogie de Jésus donnée par les Evangiles de Matthieu et de Luc, telle qu'on la récitait aux messes de Noël et de l'Epiphanie. La prophétie d'Isaïe (XI, 1-3) est en vérité très brève : «Il sortira un rejeton de la tige (*virga*) de Jessé, et une fleur naîtra de sa racine. Et l'esprit du Seigneur se reposera sur lui; l'esprit de sagesse et d'intelligence, l'esprit de conseil et de force, l'esprit de science et de piété; et il sera rempli de l'esprit de la crainte du Seigneur», mais les commentateurs de la Bible en ont donné une explication symbolique qui n'a pas varié depuis saint Jérôme.

LE PARENTAGE S.TE WAVLDRVD

MTESSE DE HAINAVLT

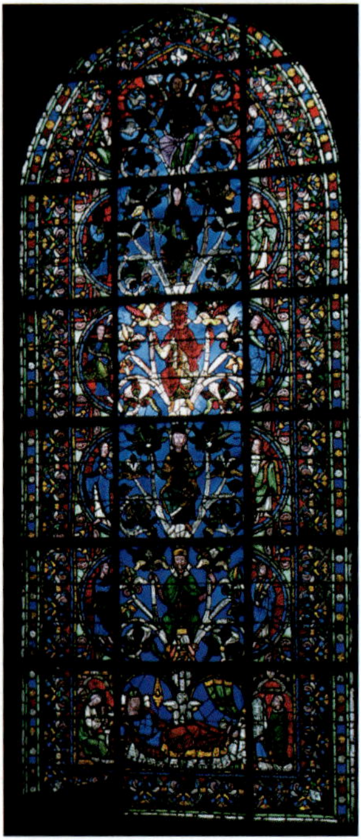

Au XIIe siècle, le moine Herveus la résume ainsi : «Le patriarche Jessé appartenait à la famille royale, c'est pourquoi la tige de Jessé signifie la lignée des rois. Quant au rejeton, il symbolise Marie, comme la fleur symbolise Jésus-Christ.»

Le modèle de Saint-Denis

La métaphore végétale d'Isaïe ne demandait qu'à être étoffée au moyen de degrés intermédiaires pour devenir un arbre. Le plus ancien exemple qu'on en connaisse est une enluminure du *Codex aureus* de Lorbach, qui illustre la généalogie de Matthieu (I, 1-16), mais c'est à l'abbé Suger (vers 1080-1151) que l'on doit, pour l'une des verrières de Saint-Denis, la mise en forme définitive du thème.

Parfois, pour associer aux prophètes juifs les prophètes païens qui ont annoncé la venue du Christ, la Sibylle de Cumes vient s'ajouter à l'ensemble (elle avait vu dans le ciel l'étoile des rois Mages, et l'avait dite annonciatrice de grands bouleversements). Au sommet de l'arbre, et dans son axe, prend place le Christ en majesté, entouré de sept colombes symbolisant les sept esprits énumérés par Isaïe. A partir du XIIIe siècle, en raison de l'essor du culte marial, la Vierge tenant l'Enfant Jésus se substitue souvent au Christ

L'élaboration du thème de l'arbre de Jessé (ci-dessous, la généalogie du Christ prédite à Abraham), comme de bien d'autres thèmes de la «grammaire» de l'art gothique, fut codifiée dans le milieu intellectuel de Saint-Denis. Le rôle de l'abbé Suger fut déterminant, lorsqu'il conçut pour les verrières de son abbatiale un programme iconographique presque entièrement nouveau, en rapport étroit avec les réflexions des grandes écoles théologiques du XIIe siècle. L'arbre de Jessé (à gauche) est ainsi à replacer parmi les autres vitraux symboliques de Saint-Denis, qui mettent en rapport les événements de l'Ancien et du Nouveau Testament, et viennent confirmer la venue du Sauveur.

en majesté. Elle remplace alors dans la filiation saint Joseph, pourtant le point d'aboutissement des lignées citées par les Evangélistes Matthieu et Luc.

Le Christ, Sauveur et Roi

Le succès considérable de l'arbre de Jessé vient de ce que le Christ représente là l'accomplissement des prophéties de la Bible : il est bien le Sauveur annoncé. De plus, il est aussi solidement ancré dans la société des hommes : par sa représentation en gloire au point le plus honorable de l'arbre, son sommet, il est Dieu, mais il est aussi homme, puisqu'il descend d'une longue lignée d'hommes, dont il est possible de citer les noms. Or, cette lignée est royale et la mise en forme du thème de l'arbre de Jessé au moment où les monarchies européennes reprennent le dessus sur leurs vassaux, est capitale : le fils de Dieu, par la grâce duquel les rois sont rois, est lui-même de sang royal et donc le meilleur garant de l'institution monarchique.

D'autres manifestations, et du sang royal de Jésus, et de l'affirmation du pouvoir royal, sont illustrées par les galeries de façade de plusieurs grands sanctuaires : Saint-Denis, Chartres, Amiens, et surtout Paris, ornées de statues colossales de rois.

Les galeries de statues colossales, appelées Galeries des rois, qui ornent la façade de plusieurs grandes cathédrales, comme celle d'Amiens (ci-dessus), sont aussi une représentation des ancêtres du Christ. Ce thème, né dans le cadre de la cour royale, établit un lien avec le souverain; l'élément moteur en fut le chantier de Notre-Dame de Paris, au début du XIIe siècle. Les ancêtres royaux du Christ sont ici directement mis en parallèle avec ceux de Louis VII et de Philippe Auguste. La démonstration de l'ascendance royale de Jésus vient réaffirmer l'aspect mystique de la fonction royale.

L'ambiguïté de leur représentation - ils portent le manteau, la couronne et le sceptre des rois contemporains- est certainement intentionnelle et fait que les historiens de l'art ont longtemps hésité – et hésitent encore – à les identifier comme les ancêtres du Sauveur ou de la dynastie régnante.

Les généalogies des rois de France sont souvent illustrées de représentations d'événements marquants. Lorsque le texte émane d'un monastère, l'accent est mis sur les fondations pieuses, telle la fondation de Saint-Jost par Charlemagne (ci-dessous).

Dans un premier temps, la généalogie ne concerne que les familles royales

C'est d'elles que procède une grande partie de la légitimité du souverain, quel que soit le mode d'accession au trône et, à moins d'événements extraordinaires, on ne devient pas roi par hasard, mais parce qu'on appartient à une lignée ou à un lignage royal. Il est significatif que, jusqu'au milieu du XIe siècle, on ne connaisse pas en Europe d'autres généalogies laïques que celles des familles royales : les ducs de Bavière, par exemple, ne sont dotés d'une généalogie, la *Tabula genealogica*, qu'au moment où ils accèdent au trône impérial.

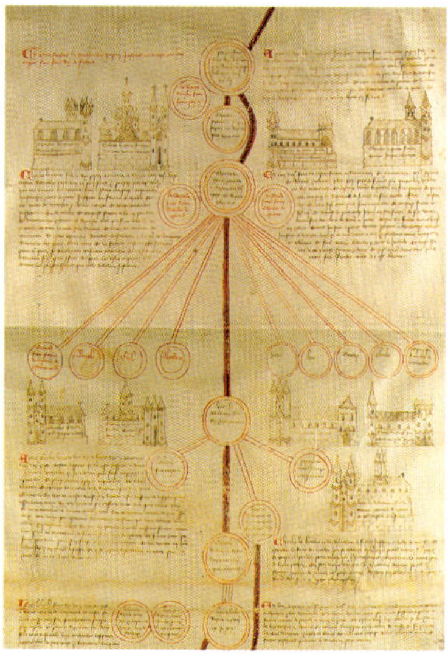

Les généalogies établissent des liens forts entre le pouvoir, incarné par le roi, le peuple et la loi. Les auteurs les plus anciens ne dissocient d'ailleurs pas la généalogie du peuple et la lignée du roi; toutes deux procèdent du grand ancêtre.

En Orient, les généalogies impériales sont illustrées de portraits des empereurs. Leur représentation très codifiée (ci contre), où la forte frontalité est accentuée par le regard hypnotique, joue un peu le rôle symbolique dévolu aux armoiries dans les généalogies occidentales.

Ainsi, la légende des Francs les faisait remonter aux Troyens chassés par les Grecs de leur cité et venus se réfugier aux bouches du Rhin. Les différents royaumes francs avaient donc eu pour rois les princes troyens survivants, qui devinrent de la même façon les ancêtres des Mérovingiens.

Les généalogies médiévales informent également sur les autres aspects de la politique et elles sont aussi importantes pour les contemporains de ces textes que pour les historiens qui les étudient. Elles peuvent servir à appuyer des prétentions, comme celles d'Edouard III d'Angleterre à la succession des premiers Capétiens en 1328, à justifier une décision, en particulier les mariages, et surtout à célébrer la dynastie, à fortifier sa position, à légitimer le pouvoir de la lignée.

C'est au moment où la dynastie des Habsbourg atteint son apogée que se multiplient les généalogies de cette famille (ci-dessus, illustrée par Altdorfer), un excellent moyen de propagande lors des élections impériales.

Se situer par rapport au trône

Lorsque la transmission du trône par primogéniture finit par s'imposer dans la plupart des royaumes européens, la généalogie vit son rôle se préciser. Cette science seule permettait de déterminer la place de chaque membre d'un lignage royal par rapport au trône.

Chaque prince voyait ainsi évoluer sa position et son statut au gré des naissances et des décès dans sa famille. Lors des périodes de crises dynastiques, la généalogie prenait une importance toute particulière. La querelle des Armagnacs et des Bourguignons, qui affaiblit dangereusement la France au début du XVe siècle, fut autant une brouille de famille qu'une affaire politique.

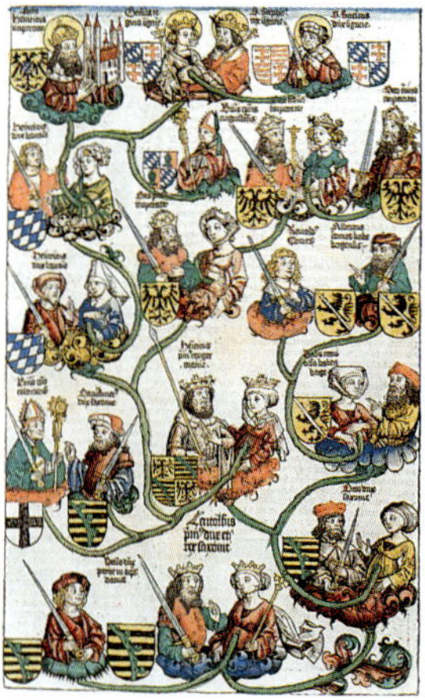

Le rôle capital joué par la généalogie dans les lignages des souverains ne se limite pas à l'Europe médiévale. Toutes les monarchies s'appuient ainsi sur leur ascendance. En milieu musulman, par exemple, il est nécessaire de compter parmi ses ancêtres le prophète Mahomet; jusqu'à aujourd'hui, tous les souverains musulmans – et non seulement les rois arabes – descendent de ce grand ancêtre et tiennent de lui leur droit à régner.

Les généalogies des rois de France s'efforcent presque toutes de rattacher les unes aux autres les trois dynasties qui ont régné depuis Clovis, premier roi catholique d'Europe (ci-contre, Lothaire, en haut, et son fils Louis V, derniers rois carolingiens). Elles sont en ce sens un élément de stabilisation politique, même si souvent les arguments avancés par les clercs qui rédigent ces documents sont aujourd'hui difficiles à admettre.

Diffusion de la généalogie parmi les puissants

L'une des meilleures preuves de l'impact des textes royaux sur leurs contemporains, vient des généalogies non royales. En effet, vers le milieu du XIe siècle, commencent à apparaître des généalogies princières : ce faisant, les *principes*, qui tenaient la place du roi dans ce qu'ils appelaient leur *regnum*, adoptaient ce qui était, au moins implicitement, une prérogative régalienne. Leurs généalogies se donnaient les mêmes objectifs de légitimation du pouvoir, d'exaltation de la lignée, que celles des rois avec lesquels ils entendaient rivaliser à cette période. Pourtant, même lorsqu'elles sont conçues en opposition au pouvoir royal et manifestent l'indépendance des *principes* concernés, le prestige de la fonction royale est tel que, souvent d'emblée,

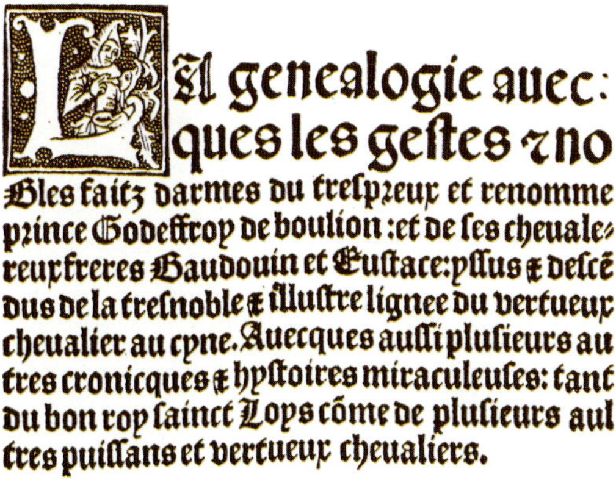
La genealogie auec: ques les gestes ꝛ nobles faitz darmes du trespreux et renomme prince Godeffroy de boulion: et de ses cheualereux freres Baudouin et Eustace: yssus ꝛ descēdus de la tresnoble ꝛ illustre lignee du vertueux cheualier au cyne. Auecques aussi plusieurs autres cronicques ꝛ hystoires miraculeuses: tant du bon roy sainct Loys cōme de plusieurs aultres puissans et vertueux cheualiers.

parfois avec un temps de retard, la plupart d'entre eux affichent ainsi qu'ils ont du sang royal, surtout si ce sang est carolingien. Ainsi, les ducs de Brabant ne manquent-ils pas de mettre en avant leur parenté avec Charlemagne, dans trois généalogies successives, composées au cours du XIIIe siècle.

Les textes généalogiques commencent alors à se détacher progressivement des lignées royales. De nombreuses généalogies de grands lignages allemands, tels que les Anhalt, les Brunswick, les Wetin, les Zähringen, furent composées au début du XIIIe siècle à l'initiative de monastères fondés par eux : elles ne cherchent donc pas à rattacher ces lignages à des rois

D'abord simples annexes à des documents plus importants, les généalogies des puissants sont de plus en plus souvent publiées dans des recueils tels que la chronique de Nuremberg (page de gauche, les descendants de l'empereur saint Henri), à mesure que le pouvoir des princes s'étend au détriment de celui du roi ou de l'empereur. Ces chroniques servirent en quelque sorte de banc d'essai pour d'autres ouvrages plus étendus (ci-contre), qui se consacrent uniquement à la généalogie et intègrent des lignages de plus en plus modestes.

ou des personnages mythiques, mais à montrer le lien qui existe entre leurs représentants du XIIIe siècle et le fondateur du monastère concerné. Par contamination, on voit des familles de plus en plus modestes faire l'objet d'une généalogie.

Les recueils généalogiques : le besoin d'une filiation

A ce stade de sa démocratisation, on voit apparaître un genre généalogique promis à un bel avenir, celui des recueils de généalogies consacrés à un espace géographique donné. L'un des plus anciens exemples est probablement celui de la *Chronique* dite de Baudouin d'Avesnes, qui dès le XIIIe siècle, s'intéresse à une large partie de la noblesse du Hainaut et du Namurois. Le mouvement concerne toute l'Europe, comme le montrent le nobiliaire lusitanien écrit par Pierre, comte de Barcelos, fils naturel de Dom Denis, roi de Portugal (mort en 1325), descendant au cinquième degré d'Henri de Bourgogne, comte de Portugal, et au neuvième degré d'Hugues Capet, ou le recueil appelé *Miroir des Nobles de Hesbaye,*

écrit entre 1353 et 1398 par Jacques de Hemricourt. L'ouvrage fonctionne dans les deux sens : horizontal avec la descendance du couple originel, comme vertical avec l'exposé des lignages alliés, durant les XIIIe et XIVe siècles.

De surcroît, Hemricourt décrit les armoiries de nombreux personnages, ce qui permet d'observer l'influence que la généalogie exerce sur l'héraldique : pour l'auteur, l'adoption d'armoiries par quelqu'un correspond à son désir de conserver le souvenir des filiations, même si, souvent, les pratiques qu'il décrit ne vérifient pas ce postulat.

Le besoin de se situer au sein d'une famille est souvent une question de prestige; c'est le cas, à gauche, pour le Grand Bâtard de Bourgogne.

Donner ainsi les armoiries des personnages figurant dans une généalogie se répand à cette époque et désormais, celles-ci sont de plus en plus souvent intégrées aux ouvrages traitant de généalogie, au point que dès le XVIIe siècle, les termes d'armorial, de nobiliaire et de recueil généalogique en viennent à se confondre jusque dans l'esprit des spécialistes.

Naissance d'une conscience généalogique

Ainsi, dès le XIVe siècle, se trouvent réunies les principales composantes – héraldique, généalogies patriciennes, provincialisme – d'un type de documents qui sera perfectionné au cours des siècles suivants, dans la présentation comme dans la méthode, mais dont l'esprit demeurera inchangé jusqu'à son apogée.

Jusque-là, un homme appartenant à l'aristocratie ne ressentait pas le besoin d'entretenir la mémoire de ses ancêtres, il ne se situait pas au sein d'une lignée verticale mais, au contraire,

Au centre, le tableau qui présente les femmes de la famille de Babenberg veut prouver les alliances prestigieuses de cette lignée. Mais la généalogie peut servir des enjeux plus importants : ci-dessus, prélats, nobles et bourgeois, représentant les trois ordres, désignent Philippe de Valois pour succéder à son cousin germain, le roi Charles IV, mort sans descendant mâle. Ils officialisaient ainsi la loi salique, qui interdisait l'accès du trône aux femmes et à leur descendance, mais ce faisant, ils écartaient la candidature d'Edouard III, roi d'Angleterre, neveu de Charles IV. Ce fut l'une des causes de la Guerre de Cent-Ans.

Dans les régions de droit écrit – le Languedoc, la Provence, l'Italie –, les notaires interviennent de plus en plus dans les grands événements de la vie familiale : la naissance, qui détermine l'état noble, libre ou servile; le mariage, qui assure la descendance et joint les patrimoines; le décès. Leur action influence une conception étroite de la famille, qui, dans ces contrées, se resserre sur la cellule familiale et sur la lignée. C'est cette formule qui finira par s'imposer dans toute la France à partir du XVe siècle, qui redevient progressivement un pays de droit romain.

comme le dit Georges Duby, «considérait sa famille comme un groupement [...] horizontal, étalé dans le présent, sans limites précises ni fixes, constitué aussi bien de *propinquii* que de *consanguinei*, d'hommes et de femmes liés à lui aussi bien par le sang que par le jeu des alliances matrimoniales».

Les membres les plus importants de la famille sont ceux – roi, comte ou autre détenteur de pouvoir – qui peuvent se rapprocher le plus de celui qui procurerait charges ou bienfaits. Puis, la façon de considérer l'individu au sein de sa parenté change radicalement et se resserre en quelque sorte sur la filiation agnatique. L'homme se sent désormais membre d'une race où de père en fils se transmet un patrimoine. «L'individu est devenu lui-même un prince; il a pris conscience d'héritier [...]. Il se sent noble, puisqu'être noble, c'est d'abord se réclamer d'ancêtres connus, c'est se référer à une généalogie» (Georges Duby).

Or, cette transformation des structures de la parenté se fait alors que se modifient aussi les structures politiques et juridiques : en France, les comtes gagnent leur autonomie et leurs fonctions, deviennent

héréditaires au début du Xe siècle, les seigneurs châtelains aux alentours de l'an mil, et les familles chevaleresques au début du XIe siècle; de plus, au moment où commence à s'imposer la féodalité, et en corrélation étroite avec la mutation des structures de la parenté, apparaissent aussi de nouvelles règles successorales, qui favorisent désormais les fils par rapport aux filles, les aînés par rapport aux puînés.

La conscience généalogique semble bien naître, dans les trois catégories de la noblesse, au moment où leur richesse et leur pouvoir commencent à devenir héréditaires. La généalogie accompagne ainsi la naissance de la féodalité et l'apparition de la noblesse, autant que ces événements en modèlent les contours nouveaux.

Les chevaliers, qui accompagnent ici le roi à la croisade, sont le symbole de l'ordre féodal qui s'impose dans tout l'Occident au tournant du second millénaire. Cette mutation s'accompagne d'une transformation de la conception de la famille; l'homme se libère de l'anonymat qui l'entoure au sein de son lignage, mais il en perd aussi la protection. Il doit désormais prendre en main son destin afin d'assurer celui de sa descendance.

A Plan of the New
Mortgage

Alors que naissent deux inventions riches d'avenir, l'état civil et l'imprimerie, se développe en Europe, et surtout en France, une généalogie d'érudition et d'historiens. Parallèlement, la course aux charges et aux faveurs accordées à la noblesse fait éclore une généalogie du paraître, que le pouvoir royal s'efforce de canaliser au sein de ses institutions.

CHAPITRE IV
L'ÉRUDITION ET LE PARAÎTRE

Au moment où paraissent les premiers monuments de l'érudition généalogique (ci-contre), cette science sert aussi à soutenir la morgue ou la vanité de tous ceux qui prétendent à un haut statut social (à gauche, le geste significatif d'un personnage désignant son riche arbre généalogique).

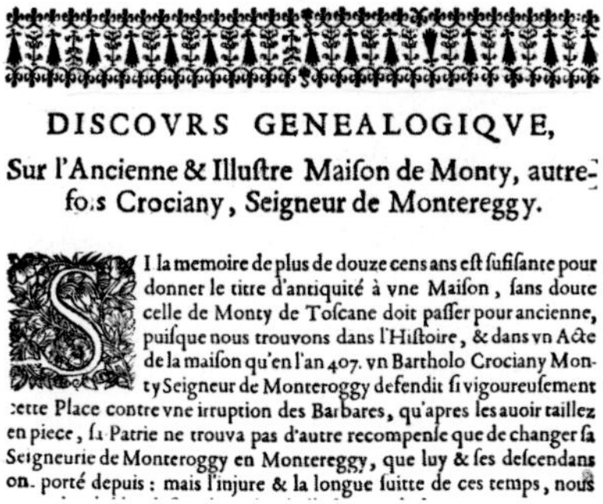

DISCOVRS GENEALOGIQVE,

Sur l'Ancienne & Illustre Maison de Monty, autre-fois Crociany, Seigneur de Montereggy.

SI la memoire de plus de douze cens ans est sufisante pour donner le titre d'antiquité à vne Maison, sans doute celle de Monty de Toscane doit passer pour ancienne, puisque nous trouvons dans l'Histoire, & dans vn Acte de la maison qu'en l'an 407. vn Bartholo Crociany Monty Seigneur de Monteroggy defendit si vigoureusement cette Place contre vne irruption des Barbares, qu'apres les auoir taillez en piece, sa Patrie ne trouva pas d'autre recompense que de changer sa Seigneurie de Monteroggy en Montereggy, que luy & ses descendans ont porté depuis : mais l'injure & la longue suitte de ces temps, nous

¶ De faire regiſtres des ſepultures.

Que des ſepultures des perſonnes tenãs bene/fices ſera faict regiſtre en forme de preuue par les chapitres/ colleges/ monaſteres et curez/qui fera foy/& pour la preuue du tẽps de la mort/duquel ſera faict expreſſe mention eſdits regiſtres/ pour ſeruir au iugemẽt des proces/ ou il ſeroit queſtion de prouuer ledit temps de la mort/A tout le moins quant a la recreance.

De façon un peu paradoxale, c'est au moment où deux inventions capitales, l'état civil et l'imprimerie, ouvraient à la généalogie des horizons insoupçonnés qu'elle subit une sorte d'éclipse. Comme d'autres systèmes sémiologiques et symboliques, comme l'héraldique ou la sigillographie, elle est victime de la sclérose des modèles médiévaux. Cette éclipse ne constitue qu'une phase de latence, avant sa réapparition vers la fin du XVIe siècle, revivifiée par l'apparition de l'histoire critique, et désormais diffusée par l'imprimerie.

L'ordonnance de Villers-Cotterêts concerne la tenue de registres pour l'enregistrement des baptêmes et des sépultures (ci-dessus) dans le but d'éviter les litiges successoraux et le recours à la preuve du décès par témoins. Elle est complétée par l'ordonnance de Blois instituant la tenue d'un registre des mariages afin de réprimer les unions multiples et clandestines.

L'ordonnance de Villers-Cotterêts

En France, l'état civil voit véritablement le jour avec l'ordonnance de Villers-Cotterêts, préparée par le chancelier Guillaume Poyet et signée le 15 août 1539 par le roi François Ier. Elle prévoit (art. 51) la tenue de registres où seront notés les nouveau-nés baptisés, déclarés sous le nom de leur père, ce qui institue la pérennité des noms patronymiques. La charge de ces registres est confiée à l'Eglise, qui possédait déjà quelque expérience en la matière. Les prescriptions canoniques relatives aux unions illégitimes, aux mariages entre parents ou entre affins (c'est-à-dire parrain et marraine d'un même enfant) avaient incité de nombreux curés à inscrire les actes célébrés dans des cahiers qui leur permettaient également de tenir leur comptabilité, puisqu'ils y consignaient en marge

Cette nouvelle ordonnance montre le peu d'empressement mis à l'exécution de la première autant que la nécessité de remise en ordre de la société civile.

les sommes reçues. Il s'agissait de documents privés, conçus pour l'usage personnel des desservants, lesquels n'étaient pas obligés de les entreprendre et ils disparurent souvent avec leurs auteurs.

L'ordonnance de Villers-Cotterêts fit de ces registres des documents publics, désormais obligatoires et dont on prévoit la conservation, puisque «les curés seront tenus mettre lesdicts registres par chacun an devers le greffe» (art. 53). Mais force est de constater que l'application de l'ordonnance fut lente et désordonnée; les curés, ou bien n'en virent pas l'utilité, ou renâclèrent à se séparer de documents qu'ils considéraient comme personnels. Malgré cela, l'ordonnance fut bientôt imitée dans toute l'Europe et les actes du concile de Trente (1545-1563), si importants pour l'histoire de l'Eglise, prescrivent la tenue de tels registres de baptême, en imposant de surcroît la mention du nom des parrains et marraines.

La mise en place des registres paroissiaux

En mai 1579, Henri III renouvela l'obligation de la tenue des registres de baptême et de sépulture par l'ordonnance de Blois, qui instaurait également les registres de mariage; des modèles d'actes furent proposés aux recteurs et progressivement, à partir de 1580-1600 environ, les paroisses commencèrent à se doter d'un état civil. Plusieurs ordonnances furent pourtant nécessaires encore pour réveiller la conscience des curés; en 1667, celle de Saint-Germain obligeait à remplir les registres en double exemplaire, le second devant être déposé au greffe du baillage ou de la sénéchaussée, qui n'étaient pas des institutions ecclésiastiques, mais civiles; le 9 avril 1736, enfin, le roi consacra une déclaration entière à l'état civil,

A la suite des décisions du concile de Trente, les effets de l'ordonnance de Villers-Cotterêts se diffusèrent dans toute l'Europe catholique. Fréquemment, surtout dans les pays de l'Europe du Nord qui n'avaient pas d'unité linguistique, les registres étaient tenus en latin, ce qui, pour les ecclésiastiques qui les utilisaient, en facilitait la consultation. Assez souvent, les curés portaient sur les registres de leurs paroisses les faits marquants de l'année écoulée; en revanche, il est rare (comme ici à Limel, en Belgique, sur le registre des mariages) de les voir illustrés de dessins en rapport avec le contenu du document.

qui reprenait les ordonnances antérieures, précisait encore le contenu des actes, leur tenue en deux exemplaires et le versement du double au greffe.

Le décret de l'Assemblée législative du 20 septembre 1792 ne changea rien à la déclaration royale de 1736 et se contenta de transférer la tenue des registres aux officiers communaux. Le clergé continua pourtant à enregistrer les actes religieux dans des registres, appelés de catholicité, mais désormais sans valeur civile (sinon à reconstituer l'état civil lorsque les deux séries de registres ont été détruites).

Bien qu'ils n'y fussent tenus par aucune obligation, les pasteurs protestants les plus consciencieux imitèrent peu à peu les usages catholiques qui concernaient l'état civil (à gauche, registre de la commune du Fleix, en Dordogne) et ils tenaient des registres de baptêmes, mariages et sépultures très semblables à ceux des catholiques. Dans les deux religions, le baptême présentait d'ailleurs peu de différences, sinon dans l'apparat qui pouvait entourer la cérémonie (ci-dessous, un baptême catholique à Venise vers 1750).

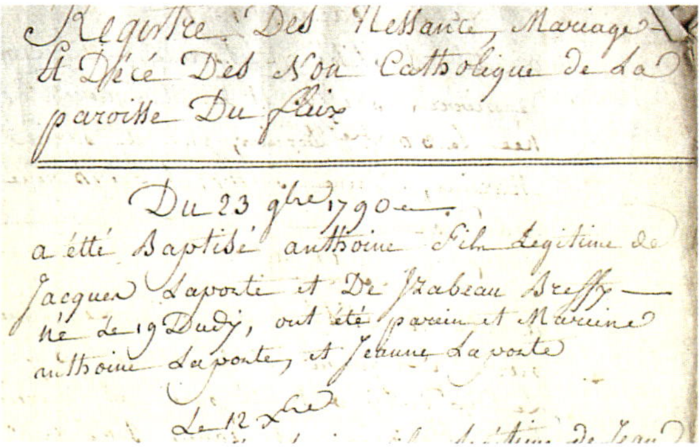
Registre des Naissance, Mariage et Décé des Non Catholique de la paroisse du Fleix

Du 23 9bre 1790

a etté baptisé anthoine fils legitime de Jacques Laporte et de Izabeau Breffy — né le 19 dudi, ont été parrain et Marrine anthoine Laporte, et Jeanne Laporte

Le 12 Xbre

De nouveaux généalogistes

Si aujourd'hui les généalogistes n'envisagent pas de ne pas recourir aux actes d'état civil, ceux des XVIe et XVIIe siècles, considérant que les registres émanaient du plus bas degré de la hiérarchie ecclésiastique, les tenaient en piètre estime et s'attachèrent à l'étude d'autres archives plus riches que celles de l'état civil. Le renouveau de la généalogie, à cette époque, coïncide avec la naissance d'une nouvelle histoire et participe pleinement de ce mouvement.

	parents	grands-parents	arrière-grands-parents
1. X...	2. père	4. grand-père paternel	8. père de 4 9. mère de 4
		5. grand-mère paternelle	10. père de 5 11. mère de 5
	3. mère	6. grand-père maternel	12. père de 6 13. mère de 6
		7. grand mère maternelle	14. père de 7 15. mère de 7

Le principe de la compilation, avec son recours obligé aux grands auteurs de référence, fut remplacé par l'obligation de vérification; il s'agissait pour les historiens de passer toute la documentation au crible de la critique, qui déterminait le degré de fiabilité des sources et opérait un classement dans des fonds d'archives beaucoup plus riches que ceux qui nous sont parvenus aujourd'hui.

Paraissent ainsi les premiers ouvrages de référence, tels *Généalogies figurées de la maison royale de France et d'autres maisons illustres*... du Suisse Jean Herold (Bâle, 1556), et *Historica Franciae*... par Julien Tabouet (Lyon, 1560). On se préoccupe également de méthode, ce qui est nouveau : le Belge Jean Scohier propose en 1597 une *Méthode de dresser des généalogies* qui sera plusieurs fois rééditée. Mais l'invention destinée au plus grand avenir est celle de l'Allemand Michael Eyzinger, qui, pour son *Thesaurus principum*..., développe une méthode de numérotation des ancêtres qui attribuait à chaque personnage cité dans une généalogie ascendante un numéro d'ordre pour le repérer aisément. Plus le personnage était éloigné de celui dont on faisait la généalogie, plus son numéro était élevé; les hommes portaient toujours un numéro pair et les femmes un numéro impair. Cette technique simple fut utilisée en 1676 par Jérome de Sosa, puis reprise par Galton en 1883 et surtout par Stéphane Kekule von Stradonitz, qui l'appliqua dans son *Ahnentafel-Atlas* en 1898. Aujourd'hui, cette numérotation est généralement utilisée par les généalogistes du monde entier sous le nom de méthode Stradonitz.

Ahnentafel-Atlas.

Stephan Kekule von Stradonitz,

La méthode Eyzinger-Stradonitz consiste à attribuer à la personne dont on souhaite établir l'ascendance le numéro 1, le père porte le numéro 2, la mère le numéro 3... (tableau ci-dessus). Tous les hommes ont un numéro pair, toutes les femmes un numéro impair. Le père porte toujours un numéro double de celui de son enfant (fille ou garçon) : ainsi, le père du numéro 24 est le numéro 48, la mère le numéro 49... Grâce à cette technique, on peut se repérer dans l'arbre généalogique en procédant par déduction.

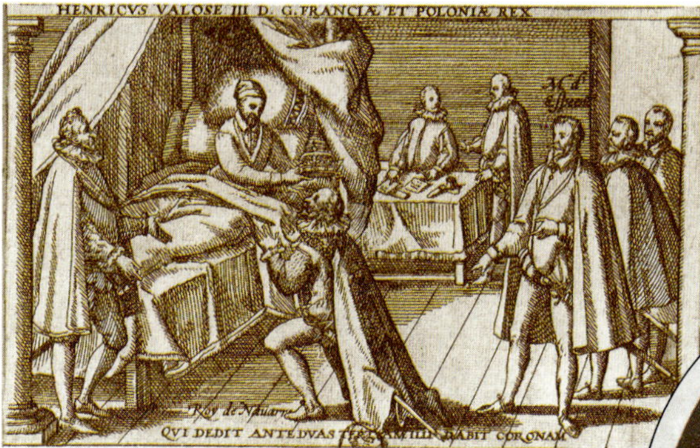

La remise – symbolique – de la couronne (ci-contre) par le roi Henri III mourant à son cousin très éloigné, le futur Henri IV, visait à asseoir la légitimité de ce dernier (ci-dessous), contestée par la Ligue.

Une grande affaire pour les généalogistes : la fin des Valois et l'avènement des Bourbons

Le roi Henri III, de la dynastie des Valois (qui avait succédé aux Capétiens), avait perdu tout espoir de postérité, et son frère et héritier François, duc d'Alençon, était mort en 1584 : il importait donc de savoir à qui reviendrait le trône de France à la mort du roi. Toutes les autres branches de la maison de Valois, issue de Charles, comte de Valois, frère du roi Philippe IV le Bel (1285-1314), étaient éteintes, et il fallait donc considérer la descendance de la génération précédente, celle du roi Philippe III (1270-1285), fils de Saint Louis. Un seul de ses frères eut une postérité durable, Robert, comte de Clermont, qui épousa en 1272 une dame de Bourbon, et donna naissance à la lignée des ducs de Bourbon. La branche aînée s'était éteinte en 1527, mais il subsistait une vigoureuse branche cadette qui descendait du second fils de Louis Ier, le premier duc de Bourbon. L'aîné de cette famille, Henri de Bourbon, roi de Navarre depuis 1572, pouvait donc se poser comme le plus direct héritier de la couronne de France.

Mais, protestant, sa religion, en ces temps de guerres civiles, constituait un lourd handicap. La Ligue, le parti adverse et violemment antiprotestant, dirigé par les ducs de Lorraine-Guise, prétendit alors qu'il était inutile de remonter si loin – onze générations entre Henri III et Saint Louis, et dix entre

L'ouvrage de Zampini tendait à mettre en évidence la communauté d'origine des Capétiens, issus d'Hughes Capet, avec la courte mais prestigieuse dynastie précédente des Carolingiens, héritiers de Charlemagne.

ORIGINE, ET
ATAVIS HVGONIS
CAPETI, ILLORVMQVE
cum Carolo Magno, Clodoueo,
atque antiquis Francorum
Regibus, Agnatione,
& Gente.

Matthæi Zampini, Recanatensis.
I. C.

PARISIIS,
Apud Thomam Brumennium, in clauso
Brunello, sub signo Oliuæ.
1 5 8 1.

Saint Louis et le roi de Navarre – puisque, de toutes façons, la dynastie capétienne tout entière était illégitime. S'appuyant sur l'ouvrage de François de Rosières *Stemmatum Lotharingiae...* paru à Paris en 1580, la Ligue faisait remarquer que, au moment où mourut en 987 le dernier roi carolingien (descendant de Charlemagne) Louis V, vivait encore son oncle Carolus (Charles), duc de Basse-Lorraine, qui aurait pu lui succéder si l'assemblée des Grands ne lui avait préféré le comte de France, Hughes Capet, à l'origine de la dynastie des Capétiens. Or Charles de Lorraine avait encore une descendance (mais par les femmes) représentée par les ducs de Lorraine et de Guise qui pouvaient donc prétendre à la succession.

Les partisans des Capétiens répondirent avec la publication par Matthaei Zampini du livre *De origine et atavis Hugonis Capeti*, qui comportait entre autres un tableau généalogique dépliant, montrant que les Carolingiens et les Capétiens avaient une origine commune, celle de saint Arnould (mort en 640), ce qui annulait les arguments des Lorraine. Les généalogistes Pierre Mathieu, Pierre de Sainct-Julien, Nicolas Viguier, Jean Guyart se lancèrent dans la bataille, soutenant l'un ou l'autre parti, alors que le roi Henri III prenait position pour son beau-frère le roi de Navarre, à la rencontre du Plessis-lès-Tours, le 30 avril 1589.

A l'assassinat d'Henri III à Saint-Cloud le 2 août 1589, Henri IV fut reconnu roi de France et de Navarre, mais ce n'est qu'après son abjuration du protestantisme (25 juillet 1593) qu'il put se faire

Sur cette gravure de 1594, année du sacre d'Henri de Navarre comme roi de France, on voit, au centre, le roi Saint Louis soutenir le tronc de l'arbre de sa descendance. Enraciné dans un Charlemagne reprenant la posture du roi Jessé, l'arbre se divise en deux branches, qui aboutissent à gauche à Henri III et à droite à Henri IV, le premier passant son sceptre au second, son successeur. Il s'agit bien d'un document de propagande, destiné à justifier l'accession d'un Bourbon au trône de France.

sacrer, à Chartres, le 27 février 1594. Les factieux ne désarmèrent que lentement. En 1594 encore, l'évêque de Chalon, Pontus de Thiard, publiait un *Extrait de la généalogie de Hugues, surnommé Capet, roy de France, et des derniers successeurs de la race de Charlesmagne en France* (Paris, 1594), afin de réagir contre la publication des généalogies antibourboniennes répandues par les Guise.

Les Français ne sont pas les seuls Européens en proie aux querelles dynastiques

La succession des rois de la dynastie des Tudor qui régna sur l'Angleterre de 1485 à 1603 se révèle encore plus complexe du fait que les femmes et leur descendance peuvent accéder au trône. Henry VIII, puis ses trois enfants – Edouard VI (1547-1553), Marie Ire (1553-1558), Elisabeth Ire (1558-1603) – ne purent parvenir au trône qu'au prix d'âpres luttes

Le long martyre que fit subir la reine Elisabeth Ire d'Angleterre (ci-dessous) à sa cousine Marie Stuart (à gauche), reine d'Ecosse vaincue, montre que cette dernière possédait des titres bien réels pour occuper le trône d'Angleterre. En effet, lorsque Elisabeth mourut sans enfants, c'est Jacques Ier Stuart, le propre fils de Marie, qui lui succéda, en 1603.

contre les factions qui suscitaient des prétendants dont la légitimité pouvait paraître égale à la leur : ils eurent ainsi comme adversaires deux arrière-petites-filles d'Henry VII, Jane Grey (1537-1554), et Marie Stuart (1542-1587), soutenue par le parti catholique et que Elisabeth Ire fera assassiner.

A l'inverse, c'est la remarquable stabilité généalogique de la Maison de Savoie, jointe à une habile politique matrimoniale, qui lui permit de passer patiemment, en six siècles, de son comté de Savoie d'origine, exigu et montagneux, à l'Italie unifiée, l'un des royaumes les plus prospères d'Europe.

La science généalogique française

La querelle de l'avènement des Bourbons avait fini par retomber et, loin d'être une œuvre polémique, l'*Histoire généalogique de la maison de France, avec les illustres familles qui en sont descendues*, publiée en 1619 par les jumeaux poitevins, Scévole (1571-1650) et Louis (1571-1656) de Sainte-Marthe, fut le premier des ouvrages qui plaça la France à la tête des recherches généalogiques.

Sous l'impulsion de Jean Mabillon (1632-1707), qui avait fait des recherches dans les bibliothèques d'Italie et d'Allemagne, de Charles Du Cange (1610-1688), qui travailla sur les familles de l'Orient latin, la généalogie bénéficia de l'étude des sources, de la paléographie et de la diplomatique et connut un essor considérable. De remarquables écrivains, pour la plupart ecclésiastiques, illustrèrent alors la science généalogique française et se spécialisèrent souvent dans l'étude d'une province, d'une région ou de certaines catégories de personnes. La plupart de leurs ouvrages sont encore utilisés de nos jours en raison des nombreux documents qu'ils publient; c'est le cas en particulier de l'ouvrage monumental de Pierre de Guibours (1625-1694), célèbre sous son nom religieux de Père Anselme (de Sainte-Marie), l'*Histoire de la Maison royale de France et des grands officiers de la Couronne*, paru en 1674 et depuis réédité et augmenté.

Deux généalogistes, l'un praticien, Jean Le Laboureur (1623-1675), l'autre théoricien,

Les armoiries de la Maison de Savoie (à gauche) reflètent l'ascension de cette dynastie, en intégrant progressivement les territoires nouvellement acquis, telle la Sardaigne, en 1720.

HISTOIRE
GENEALOGIQVE
DE LA MAISON
DE FRANCE
REVEVE ET AVGMENTEE EN CETTE
TOME PREMIER.
A PARIS.
M. DC. XXVIII.
AVEC PRIVILEGE DV ROY.

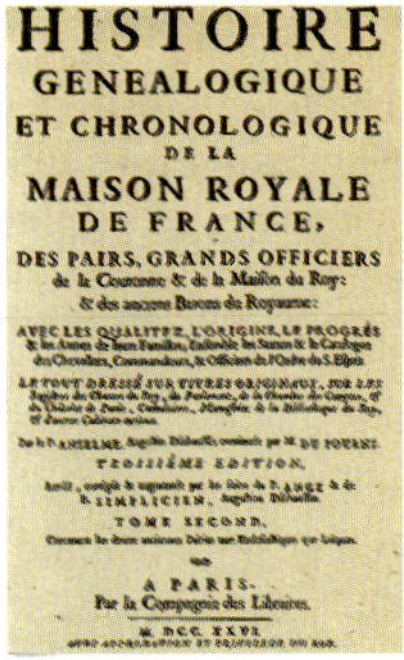
HISTOIRE
GENEALOGIQUE
ET CHRONOLOGIQUE
DE LA
MAISON ROYALE
DE FRANCE,
DES PAIRS, GRANDS OFFICIERS
de la Couronne & de la Maison du Roy:
& des anciens Barons du Royaume:
TROISIÈME EDITION,
TOME SECOND.
A PARIS.
Par la Compagnie des Libraires.
M. DCC. XXVI.

Avec les frères de Sainte-Marthe (en haut) naît un genre nouveau : l'histoire d'une nation ou d'une contrée à travers la généalogie de ses souverains. Le Père Anselme (ci-dessus) innove en s'intéressant au personnel de la Maison royale.

Claude-François Ménestrier (1631-1705), publièrent ensemble en 1683 un traité qui fait d'eux les fondateurs de notre généalogie contemporaine. Dans *Tableaux généalogiques ou les 16 quartiers de nos rois depuis Saint-Louis jusqu'à présent, des princes et des princesses qui vivent, et de plusieurs seigneurs ecclésiastiques de ce royaume*, ils expliquent l'origine et l'usage des quartiers pour les preuves de noblesse. En effet, en instituant le principe de recherche de 16 quartiers, ils montraient l'importance de la totalité des ascendants, aussi bien maternels que paternels, et relativisaient le principe exclusif de la généalogie agnatique (de père en fils).

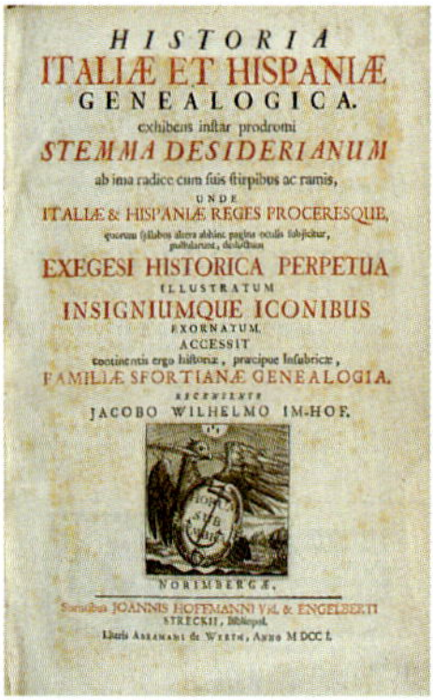
HISTORIA
ITALIÆ ET HISPANIÆ
GENEALOGICA.
exhibens instar prodromi
STEMMA DESIDERIANUM
ab ima radice cum suis stirpibus ac ramis,
UNDE
ITALIÆ & HISPANIÆ REGES PROCERESQUE,
EXEGESI HISTORICA PERPETUA
ILLUSTRATUM
INSIGNIUMQUE ICONIBUS
EXORNATUM.
ACCESSIT
continentis ergo historiæ, præcipue Insubricæ,
FAMILIÆ SFORTIANÆ GENEALOGIA.
RECENSENTE
JACOBO WILHELMO IM-HOF.
NORIMBERGÆ,
Sumtibus JOANNIS HOFMANNI Vid. & ENGELBERTI STRECKII, Bibliopol.
Literis ABRAHAMI de WERTH, Anno MDCCI.

En Espagne, on doit à Salazar y Castro des *Arboles de costados* (à droite), séries de tableaux d'ascendance de la noblesse espagnole, déclinés en quartiers. Ce terme, repris de l'héraldique, désignait à l'origine les armoiries des quatre grands-parents, disposées dans les quatre parties, ou «quartiers» d'un écu écartelé, c'est-à-dire divisé par deux traits en croix. Par extension, «quartier» en est venu à désigner tous les ascendants et non les seuls grands-parents. Avoir seize quartiers de noblesse signifie que seize ancêtres (soit cinq générations) sont nobles. En Espagne, les ascendances maternelles sont aussi importantes que la lignée paternelle.

Les érudits européens et la généalogie

Les Français se rapprochaient ainsi des préoccupations des généalogistes des pays de droit germanique – Allemagne, Angleterre, mais aussi Espagne –, où le principe féodal de succession aux titres tant en ligne maternelle que paternelle prévalait encore : l'Angleterre avait eu des reines, l'Espagne également. Même le titre de Grands d'Espagne pouvait passer à différentes familles par simple voie de succession ou d'alliance, sans considération pour la ligne agnatique stricte.

En Angleterre, un érudit, William Dugdale (1605-1690), qui travaillait sur l'histoire généalogique de la noblesse fut *Garter King of Arms* : à la tête du Collège d'Armes, il réglait les affaires généalogiques du pays. De même en Allemagne, le Wurtembergeois Meziger avait publié dès 1619 un gigantesque travail sur les 1024 quartiers de l'empereur Mathias (1612-1619), montrant bien ainsi l'intérêt que les pays d'outre-Rhin portaient à la présentation de tous les ancêtres, paternels comme maternels, d'un individu. Après lui, le pasteur alsacien Philippe-Jacques

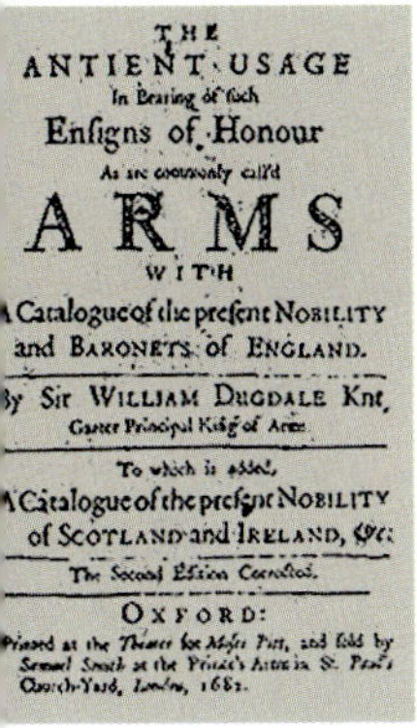
THE
ANTIENT USAGE
In Bearing of such
Ensigns of Honour
As are commonly call'd
ARMS
WITH
A Catalogue of the present NOBILITY
and BARONETS of ENGLAND.
By Sir WILLIAM DUGDALE Knt,
Garter Principal King of Arms.
To which is added,
A Catalogue of the present NOBILITY
of SCOTLAND and IRELAND, &c.
The Second Edition Corrected.
OXFORD:
Printed at the Theater for Moses Pitt, and sold by Samuel Smith at the Prince's Arms in St. Paul's Church-Yard, London, 1682.

Spenner (1635-1705), fervent disciple de Ménestrier, publia en latin de nombreux ouvrages de généalogie et d'histoire, tout comme Jacques-Guillaume Imhof (1651-1728). On peut encore citer, en Espagne, le nom de l'érudit Salazar y Castro ou celui de Jérome de Sosa, qui adapta pour ses travaux sur la noblesse espagnole la méthode de numérotation inventée par Eyzinger.

Les officiers de la généalogie

Parallèlement à ce grand mouvement généalogique du XVIIe siècle, sans y prendre vraiment part, et avec des motivations toutes différentes, l'administration royale française mit en place deux institutions assez semblables et souvent concurrentes qui fonctionnèrent jusqu'à la Révolution, les Généalogistes des ordres du roi et les Juges d'armes de France.

Le comté de Bourgogne relevait encore du Saint Empire romain germanique lorsque Jacques-Guillaume Imhof en composa en latin une histoire généalogique (page de gauche).

William Dugdale fut l'un des premiers à composer un type d'ouvrages qui ont connu une grande faveur en Grande-Bretagne : les catalogues de la noblesse anglaise, écossaise et galloise (à gauche).

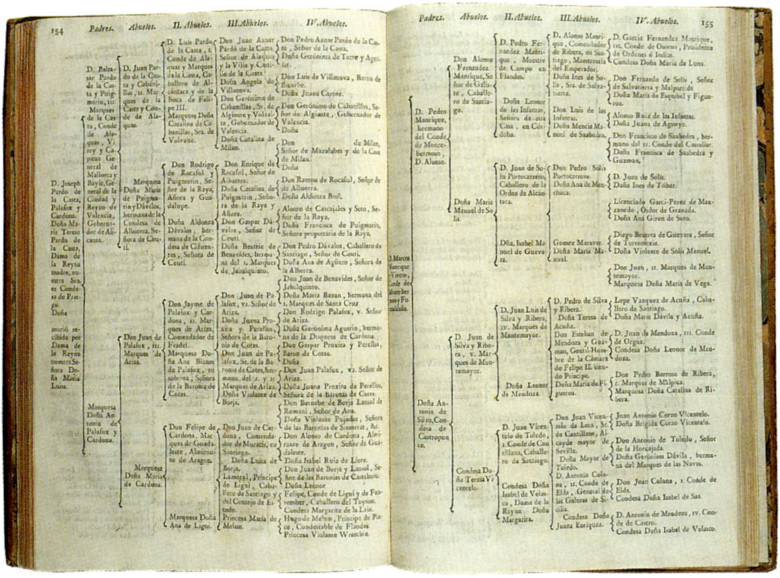
154 Padres. Abuelos. II. Abuelos. III. Abuelos. IV. Abuelos.
Padres. Abuelos. II. Abuelos. III. Abuelos. IV. Abuelos. 155

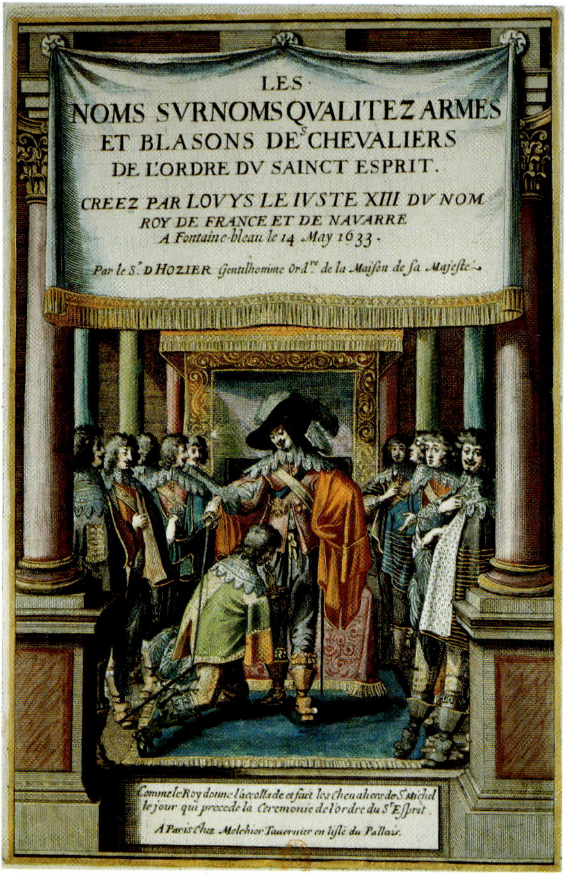

Au premier Juge d'armes, François de Chevriers (en haut), dont l'activité fut assez modeste, succéda en 1641 Pierre d'Hozier (ci-dessus), qui, le premier, empiéta sur les activités des Généalogistes des ordres du roi, soit en fournissant des Preuves – de noblesse – (page de droite, celles de Mlle Henriette de Montiers de La Valette), soit en publiant des ouvrages (à gauche) concernant les ordres royaux, apanages de l'autre institution.

L'office de Généalogiste des ordres du roi était chargé d'établir les preuves de la noblesse des candidats aux ordres du Saint-Esprit, de Saint-Michel, de Saint-Maurice et Lazare, puis plus tard de Saint-Louis, et plus généralement de toutes les charges militaires où la noblesse était requise. Cette compétence s'étendit progressivement à toutes les institutions réservées à la noblesse : certains emplois, les écoles réservées, la réception à la Cour, l'accès aux carosses du roi entre autres. Le premier Généalogiste des ordres du roi fut André Du Chesne, puis la charge devint héréditaire dans la famille de Clairambault. En 1758, elle passa aux mains de Jean-Nicolas de Beaujon, et enfin aux Chérin. En 1789, la suppression de la noblesse rendit l'office caduc et il fut supprimé.

L'office de Juge d'armes de France fut créé un peu après celui de Généalogiste des ordres du roi, sous Louis XIII, en 1615; ses fonctions étaient, à l'origine, surtout héraldiques. Il était en particulier tenu de rédiger un ouvrage monumental, l'*Armorial général de la France*, où seraient recensées toutes les armoiries existant dans le royaume, accompagnées de notices sur les familles qui les possédaient. Les progrès de l'ouvrage furent lents, car la généalogie y prit une part trop importante et les fonctions du Juge d'armes de France furent souvent concurrentes de celles de Généalogiste des ordres du roi : prouver la noblesse de candidats.

L'office de Généalogiste des ordres du roi fut créé en 1595 en marge de l'ordre du Saint-Esprit, un peu comme sont réunies aujourd'hui un certain nombre d'institutions à caractère protocolaire au sein de l'administration de la Légion d'honneur. La famille de Clairambault en occupa la charge de manière héréditaire. Ses plus célèbres membres furent Pierre, de 1683 à 1740, et son neveu Nicolas-Pascal, qui lui succéda jusqu'en 1758.

La chasse aux usurpateurs

Les officiers de la généalogie devinrent également des auxiliaires de l'administration fiscale. En effet, l'*Armorial général*, créé en 1696, avait en fait

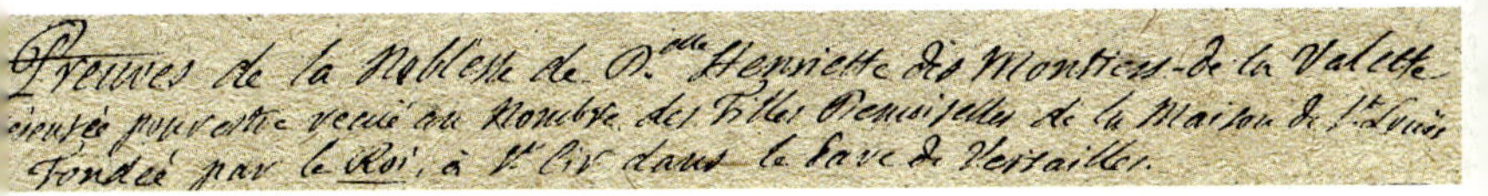
Preuves de la Noblesse de Dlle Henriette des Montiers de la Valette
fondée par le Roi, à St Cyr dans le Parc de Versailles.

un autre but détourné, celui de taxer la possession d'armoiries, un droit de vingt livres étant perçu lors de l'enregistrement de celles-ci dans les registres. D'autre part, les services du Juge d'armes de France et ceux du Généalogiste des ordres du roi furent requis pour superviser les recherches par lesquelles l'administration royale tentait de réprimer les usurpations de noblesse et dont étaient chargés les intendants des provinces. C'est qu'à la noblesse étaient attachés d'importants privilèges fiscaux, l'exemption de la taille et de la taxe de francs-fiefs, et il importait pour l'administration fiscale de débusquer les faux nobles.

Commencée dès la fin du XVIe siècle, cette chasse aux usurpateurs s'intensifia à partir de 1666; chaque noble fut alors tenu de présenter les preuves de son état, au moyen d'une filiation en ligne masculine seulement, puisque désormais le droit romain s'appliquait à peu près partout à la place de l'ancien droit féodal qui admettait que les filles et leurs descendants puissent succéder aux titres.

A tout le Corps de la Noblesse,
pour implorer une protection Generale
contre
Pierre Esnault Cantlou de la paroisse de Cleny, Election de Vire en Normandie; usurpateur du titre de Noble, insigne faussaire, qui persecute françois fortin Ecuyer Sgr. de Ste Marie du Vey, son seigneur, sans aucune raison, etant l'agresseur dans toutes leurs discutions.

Uſurpation des Titres de Nobleſſe.

Tous les cahiers des trois Etats, aſſemblés à différens âges, ſont remplis de plaintes réitérées contre les uſurpations des titres de la Nobleſſe

Une discipline vaine et artificielle : c'est ainsi que les Encyclopédistes voient la généalogie

La tradition française du centralisme et du contrôle des mouvements nés hors du pouvoir s'interposait ainsi au sein du vaste mouvement de la généalogie de recherche et contribua à le stériliser partiellement en absorbant à son profit l'énergie des généalogistes. Au cours du XVIIIe siècle, les publications diminuent en nombre comme en qualité. Les officiers eux-mêmes publient peu en dehors des ouvrages dont ils sont tenus d'assurer l'édition; en revanche, leur administration a produit une masse considérable de documents manuscrits à caractère officiel et public.

Un état d'esprit nouveau émerge au XVIIIe siècle, défavorable à la généalogie; on y voit se développer «une critique radicale des institutions traditionnelles : l'existence d'ordres privilégiés apparaît surannée; le principe héréditaire est mis en cause. Pour les propagateurs des idées nouvelles, la généalogie est une science vaine, artificielle et, pour tout dire

Les procès qui concernaient les usurpations de noblesse, et de titres et privilèges attachés à cet état, furent nombreux (ci-dessus). En effet, les faux nobles déconsidéraient la noblesse tout entière et l'entachaient de suspicion; ils échappaient également à certains impôts et l'Etat comme les éventuels suzerains s'en trouvaient lésés.

Dans un rapport de 1788 sur les Cahiers de doléances, Louis-Nicolas-Hyacinthe Chérin, dernier Généalogiste des ordres du roi, fait état des plaintes concernant les usurpations de noblesse exprimées par la noblesse elle-même autant que par le clergé et le tiers-état (ci-contre). Celles-ci se multipliaient alors, en raison d'une rigidification des conditions normales d'accès à cet état convoité.

"gothique", appelée à s'évanouir avec l'ordre ancien». Aux yeux des Encyclopédistes, ces «intellectuels» du XVIIIe siècle, la généalogie n'a d'autres fonctions que de flatter les vanités et de contribuer à la conservation d'un ordre social périmé, héritage des siècles d'obscurantisme. Ils font leur la citation de l'évêque de Clermont, Jean-Baptiste Massillon : «La noblesse du sang et la vanité des généalogies sont, de toutes les erreurs, la plus généralement établie.»

Les articles consacrés à la généalogie dans l'*Encyclopédie* de Diderot et d'Alembert sont évidemment très critiques; et celui consacré à l'arbre généalogique se montre particulièrement virulent : «C'est un amusement pour un philosophe, que de voir l'*arbre généalogique* d'un gentilhomme buriné sur une grande feuille de vélin; vous trouvez toujours

Dans ce tableau de William Hogarth, intitulé *Le Mariage à la mode*, le doigt impérieux avec lequel ce lord anglais désigne son arbre généalogique indique bien qu'il n'a guère qu'une haute noblesse à donner en échange du tas d'or déjà étalé devant lui; quant au futur beau-père de son fils, on voit à son air soupçonneux qu'il entend en avoir pour son argent. C'est cette vanité que dénoncent les Encyclopédistes.

cet arbre taillé, émondé, cultivé, et sans aucune branche pourrie; vous êtes encore presque sûr de trouver à la tête de la plupart des *arbres généalogiques*, un grand ministre d'Etat, ou un célèbre militaire. L'honnête artisan qui a donné la naissance à cet homme illustre, dont on prétend descendre, est retranché de l'*arbre généalogique*, avec tous ses ancêtres d'une vie frugale, et vous diriez que le fondateur de la maison n'a jamais eu de père. Mais si nous remontions plus haut vers la source de tout pays, nous les perdrions peut-être dans une foule d'artisans ou de fermiers, sans espérance de les en voir sortir.»

Contrairement à certains textes de l'*Encyclopédie*, il ne s'agissait pas d'un article objectif, et cette présentation partisane aurait eu plutôt sa place dans un ouvrage polémique. Pourtant, pas une voix ne s'éleva pour défendre la généalogie.

Indifférents aux querelles dynastiques, les chercheurs continuent leur travail d'érudition

Au début du XVIIIe siècle, l'Espagne a connu à son tour une guerre de succession. Le roi Charles II, mort en 1700, n'ayant pas d'héritier, pas moins de cinq familles prétendent à son titre : Louis XIV, roi de France et petit-fils de Philippe III d'Espagne par sa mère, revendique le trône pour son propre petit-fils, que le roi d'Espagne a désigné par testament pour héritier. Egalement petit-fils de Philippe III, l'empereur Léopold Ier l'exige pour son fils. Bien que parents éloignés de la couronne espagnole, Victor-Amédée II de Savoie et Pierre II de Portugal font valoir leur droit. Et l'électeur palatin Maximilien de Bavière, gendre de Léopold Ier, revendique le titre pour son fils. Les enjeux

Les idées des philosophes français trouvent aussi des échos dans toute l'Europe. Goya en donne une ironique illustration dans cette gravure intitulée «Hasta su abuelo» (Jusqu'à son grand-père) qui montre un âne, habillé avec soin, présentant le tableau de ses ancêtres, composé d'autres ânes, à son image.

territoriaux sont importants et pas un ne veut céder. L'Europe se ligue alors contre la France alliée à l'Espagne. Au terme de douze ans de conflit, le trône reste à Philippe d'Anjou, le petit-fils de Louis XIV, qui devient Philippe V d'Espagne et renonce à la couronne de France. Plus qu'une affaire généalogique, c'est en fait une crise politique qui a secoué les monarchies européennes. Elle n'interessa pas les chercheurs espagnols, tel Salazar y Castro, qui préféraient alors s'occuper de la généalogie de la noblesse de leur pays.

Dans le même temps, apparaissent aussi des généalogistes issus de pays qui s'étaient montrés bien discrets auparavant : F. de Azevedo Coutinho y Bernal aux Pays-Bas, le prince J. A. Jablonowski en Pologne, ou A. C. de Lonza au Portugal. Ce dernier pays est alors dirigé par la Maison de

Désigné nommément par le testament du roi Philippe IV d'Espagne, prédécesseur de Charles II, choisi par la noblesse et les Etats espagnols, descendant direct de la famille royale, le duc d'Anjou avait les meilleures chances d'occuper le trône d'Espagne. Mais l'énormité des enjeux – l'Espagne et la moitié de l'Amérique du Sud – fit de cette succession une affaire plus politique que généalogique, suscitant d'autres candidatures et entraînant la guerre.

Bragance. En 1750, Joseph Ier Emmanuel monte sur le trône, mais délègue l'exécutif au marquis de Pombal, lequel gouverne le pays en despote éclairé. Malheureusement pour la dynastie, le roi n'a que des filles. Il décide alors de marier l'aînée à son propre frère, afin de ne pas disperser la succession. Elle devient la reine Marie Ire de Bragance aux côtés de son oncle-époux Pierre III. Veuve, elle laisse la place à son fils, Jean, avant de sombrer dans la folie.

En Allemagne, la généalogie gagne ses galons de science auxiliaire de

Johann Hübners,
Weyland
RECTORIS der Schule zu S. JOHANNIS
in Hamburg,
Genealogische Tabellen
Nebst denen darzu gehörigen
Genealogischen Fragen,
Zur Erläuterung
Der Politischen Historie,
Mit sonderbarem Fleisse zusammen getragen,
Und vom Anfange bis auf diesen Tag
fortgesetzet.
Erster Theil.
Mit Königl. Polnischen und Churfl. Sächsischen sonderbarem PRIVILEGIO.
Im Jahr 1737.
Bey Johann Friedrich Gleditschens seel. Sohn in Leipzig.

Les *Tableaux généalogiques* de Johann Hübner (ci-dessus) seront utilisés comme source par les généalogistes allemands du XIXe siècle.

Les Allemands n'hésitent pas à présenter des tableaux généalogiques d'une grande complexité, souvent très difficiles à lire, tel celui des comtes de Brandebourg (ci-contre), imprimé à Augsbourg en 1740. L'arbre généalogique proprement dit occupe la moitié droite de la feuille et des notes biographiques parfois très fouillées sont présentées dans la partie gauche. Ces fiches montrent bien la volonté de relier la généalogie à l'histoire générale.

La reine Marie Ire (à gauche) règne sur le Portugal en même temps que Pierre III, son oncle et époux; la même situation se retrouve à la «génération» suivante, puisque le fils de Marie et de Pierre, Joseph, prince du Brésil, épouse, à quinze ans, la sœur de sa mère, Marie-Bénédicte, âgée de trente et un ans. De telles complications généalogiques – comportant des risques génétiques graves – ne se produisent heureusement que pour résoudre des problèmes politiques particuliers.

l'histoire et multiplie les publications : *Ahnentafeln* (Tables d'ancêtres) de Seifert en 1715-1722; *Notice de tous les personnages illustres actuellement vivants*, puis *Genealogische Tabellen* (Tableaux généalogiques) de J. Hübner (1725-1733). Dans un genre alors assez peu courant, le traité théorique, deux savants : G. A. Will, avec le *Lehrbuch einer statistischen Genealogie* (1776), et J. C. Gatterer, avec le *Abriss der Genealogie* (1782) proposent des méthodes pour les recherches et l'établissement des généalogies, ancêtres des manuels.

Alors que les problèmes de successions royales avaient mobilisé la généalogie durant trois siècles, la Révolution va en transformer l'objet : c'est de la vie des familles en général, et non plus seulement de la vie des nations qu'elle va désormais s'occuper.

Au XIXᵉ siècle, surtout dans les pays germaniques, la généalogie était devenue une véritable science auxiliaire de l'histoire, qui abordait les problèmes de façon pluraliste. Aujourd'hui, elle conserve ce statut, tout en s'ouvrant à de nouvelles vagues de chercheurs, bien différents des historiens. La généalogie concerne désormais toutes les familles, elle en occupe souvent les loisirs, et sa dimension symbolique et même onirique s'avère considérable.

CHAPITRE V

LES NOUVELLES GÉNÉALOGIES

Au XXᵉ siècle, le grand public découvre le chemin des lieux de recherches généalogiques : archives et bibliothèques (à gauche, les Archives nationales). Nombre de photos de groupe témoignent de la volonté de «mettre en scène» la famille (ci-contre, l'étagement de quatre générations).

En France, jusqu'à la Révolution, les actes d'état civil se confondaient avec les rites religieux qui accompagnaient les grandes étapes de la vie. Lorsque l'Assemblée législative ordonna le remplacement des anciennes provinces par des départements, et leur découpage en cantons et

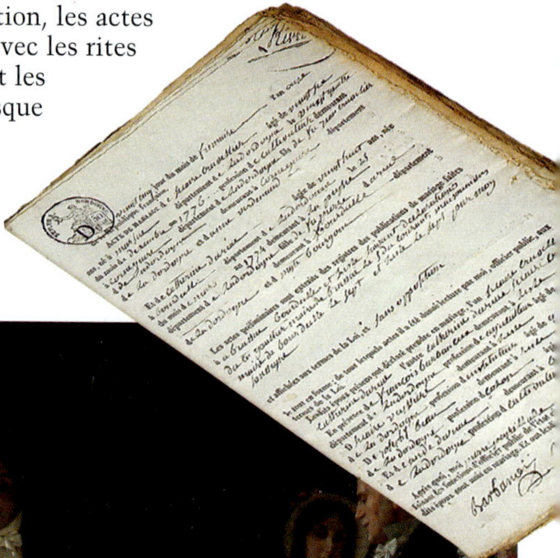

en communes, elle fit en général correspondre les communes aux délimitations des anciennes paroisses. Elle en confia la gestion à un personnel politique élu; et par le décret du 20 septembre 1792, transféra aux maires le soin de tenir les registres de naissances, mariages et décès, constituant ainsi un véritable état civil.

La loi de 19 floréal an VIII (9 mai 1800) fit distribuer par l'administration départementale des modèles standardisés assez semblables à ceux

L'acte de mariage était l'un des seuls documents officiels que les épouses étaient amenées à parapher au cours de leur vie, et ceci jusqu'au début du XXe siècle.

Si elles savaient.

élaborés sous Louis XIV; elle prévoyait en outre la tenue de registres différents selon les actes dans les communes de plus de 1 500 habitants et prescrivait l'ajout de détails importants, concernant l'heure, les dates et lieux de naissance, les témoins.

Dès lors, la date de naissance devient l'élément déterminant de l'identité de chaque citoyen

Le législateur, en deux siècles, a apporté à l'état civil français de nombreuses améliorations, dans la précision de la rédaction des actes. Les registres sont ainsi dotés d'une table alphabétique annuelle, complétée par des tables décennales rédigées sur des registres séparés; en général, la première table décennale (1793-1802) manque souvent, mais depuis, à moins de destructions imprévues, la plupart des communes possèdent leur collection complète; rares sont les communes qui, comme Clermont-Ferrand, n'ont pas obéi aux directives du pouvoir central.

Tous les registres sont tenus en double exemplaire, l'un reste dans les mairies, l'autre est déposé au greffe du tribunal (de grande instance), qui au bout de cent ans le reverse aux Archives départementales. Enfin, le système des mentions marginales vint accroître la précision de l'état civil français : la reconnaissance d'un enfant naturel, les rectifications d'état civil, la célébration du mariage (depuis 1897), le prononcé du divorce, l'acte de décès (depuis 1945) sont portés en marge des actes de naissance des personnes concernées; d'autres mentions peuvent être apposées en marge des actes de mariage et de décès, mais elles sont moins importantes.

L'acte de naissance est dans bien des pays une sorte de résumé de la vie civile de chaque individu. Il procure un état civil au nouveau-né (ci-dessous, l'inscription à la mairie), et mentionne celui de ses parents. Il porte en marge les dates des grands événements qui en jalonnent le cours : adoptions, reconnaissances, mariages, divorces et enfin décès font l'objet de mentions. Ce document essentiel est reporté sur des tables annuelles, elles-mêmes refondues périodiquement en tables décennales (ci-dessous).

Une science interdisciplinaire et internationale

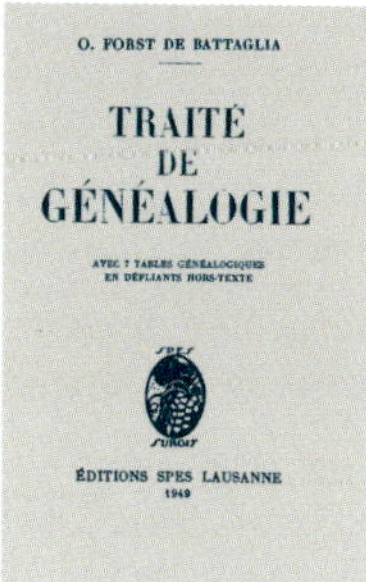

La Révolution eut un effet dévastateur pour la généalogie : la nuit du 4 août 1789 vit la suppression de la noblesse, de ses titres et armoiries, en fait de tout son caractère officiel. Si, pour les nobles, il ne servait plus à rien de prouver leur état, pour nombre de bourgeois issus de la Révolution, la reconnaissance sociale ne pouvait se passer de titres de noblesse. On vit alors prospérer en France des officines qui se chargeaient d'obtenir pour eux des filiations de complaisance, et déconsidéraient la généalogie.

Ecrit en français en hommage aux grands érudits du XVIIe siècle, le *Traité de généalogie* de Battaglia (1949) fait la synthèse des recherches effectuées en Europe. Il fait suite à *Généalogie* (1913), et à *Mystère du sang* (1934).

Les *Filiations bretonnes* (en bas) d'Henri Frotier de La Messelière intègrent de nombreuses familles non nobles, telles que celles d'armateurs, de savants ou d'écrivains.

Pendant ce temps, la généalogie allemande, qui ne connut pas d'éclipse, se trouvait à la pointe de la recherche européenne, opérant très tôt la liaison avec d'autres sciences de l'homme, statistique, droit, médecine et sociologie. L'initiateur de ce mouvement fut l'historien Ottokar Lorenz, pour lequel la découverte des travaux sur l'évolution et la génétique fut une sorte de révélation. Son *Lehrbuch der gesamten*

wissenchaftlichen Genealogie (Traité de généalogie scientifique générale) démontre que cette science se trouve au carrefour de toutes les sciences humaines. Après lui, le baron O. von Durgen étudia les rapports entre génétique et généalogie, voie sur laquelle s'engagent également Heydenreich, Hager, Kekule von Stradonitz, puis, en 1913, Otto Forst de Battaglia.

Suivant l'exemple de l'Allemagne, des savants de toute l'Europe, surtout, mais aussi américains ou asiatiques, contribuent à donner à la généalogie un essor considérable, dû au fait qu'elle touche un champ bien plus large que ne le laissaient prévoir les recherches menées jusque-là, qui intéressaient surtout l'histoire sociale par l'étude des familles notables. Elle se transforme en une science aux pratiques interdisciplinaires, très internationales, qui préfigure la «nouvelle» histoire.

Après un retard considérable, la France recommence à éditer des travaux assez traditionnels, l'histoire agnatique des familles nobles ou notables, réalisés enfin avec sérieux, en utilisant des sources authentiques et sans but lucratif. Albert Révérend, Gustave Chaix d'Est-Ange, Henri Jougla de Morenas publient ainsi de bons ouvrages traitant de la France entière, mais les meilleurs travaux sont ceux consacrés à certaines provinces, et les publications de qualité se succèdent.

Au début des années 1960, a lieu le grand tournant : la généalogie intéresse enfin deux catégories de personnes qui s'en tenaient à l'écart : les universitaires (particulièrement les spécialistes du Moyen Age, tel Georges Duby) et le grand public, toutes origines confondues.

Cet immense portrait de la famille d'industriels sidérurgistes Krupp (à gauche) a été peint en 1931,dans la tradition des grands portraits familiaux à la mode au XVIIe siècle pour les familles princières. La photo n'a pas pour autant démocratisé le genre, qui, dans la grande bourgeoisie (ci-dessous), conserve un aspect symbolique, autant par l'étagement des générations que par la somptuosité du décor.

Les monarchies européennes ont vu leur pouvoir politique fortement amoindri depuis un siècle, mais les familles royales (ce que les Anglais appellent les «*Royals*») conservent tout leur prestige aux yeux du grand public, y compris dans les pays sous le régime de la République, comme l'Allemagne, la France ou l'Italie. Même dans les circonstances où le formalisme est moins présent, comme lors des soixante ans du roi Harald de Norvège (ci-contre), la présentation des familles royales répond à des normes très codifiées, réglées de façon minutieuse par les services du protocole, et que chacun, finalement, connaît. Le décor est toujours choisi avec soin. En haut, à gauche, à l'occasion des noces d'argent de la reine Marguerite II de Danemark et du prince Henri de Montpezat, la famille pose devant la tapisserie célébrant l'histoire danoise. Ci-contre, la famille de Suède est photographiée devant les portraits de ses aïeux, au sein d'une galerie où le roi régnant figurera lui-même un jour comme ancêtre de ses successeurs.

L'explosion de la généalogie populaire

A la vérité, si le désintérêt des universitaires français à l'égard de la généalogie l'a empêchée d'acquérir un statut scientifique, il lui a aussi assuré une plus grande liberté, qui lui a permis de s'ouvrir à tous les chercheurs sans considération de formation. C'est ainsi que vers la fin des années 1950, les conservateurs de dépôts d'archives et les secrétaires de mairies commencèrent à remarquer une augmentation régulière des consultations de leurs archives. Les demandeurs n'appartenaient pas aux petits groupes d'habitués de la recherche généalogique, mais provenaient au contraire de tous les horizons de la population, sans distinction de milieu, d'âge, de sexe, de formation intellectuelle.

Pendant des années on crut à une mode, mais devant la persistance du mouvement et son accroissement constant, il fallut bien convenir qu'il y avait là un véritable besoin, explicable par des raisons sociales et économiques. La révolution industrielle avait entraîné un exode rural d'abord relatif, puis massif; les jeunes, les puinés allaient chercher en ville les chances d'une meilleure situation sociale, mais perdaient progressivement le contact avec leur famille restée sur leur lieu de naissance et d'origine. Le déracinement de ces immigrés nationaux était rendu plus complet lorsqu'ils se mariaient avec des

Les photos de famille sont aujourd'hui pour les généalogistes amateurs de très précieux documents, surtout lorsqu'une main de bonne volonté a pris soin de noter au dos le nom des personnes présentes.

conjoints issus d'autres régions, que leurs enfants naissaient dans plusieurs villes différentes, à cause de la recherche de travail ou du suivi d'une carrière, qu'enfin, ils ne possédaient pas dans leur région d'origine un «point de chute» commode où venir se resourcer. Les difficultés de la vie urbaine, le poids des soucis professionnels, les problèmes engendrés par les nouvelles structures familiales, suscitèrent alors chez de nombreux individus le besoin de se rattacher à un

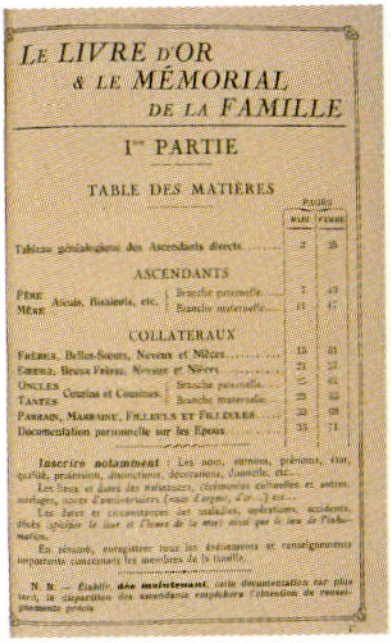

LE LIVRE D'OR & LE MÉMORIAL DE LA FAMILLE

Iʳᵉ PARTIE

TABLE DES MATIÈRES

Tableau généalogique des Ascendants directs ... [illegible]

ASCENDANTS

Père / Mère — Aïeuls, Bisaïeuls, etc. — Branche paternelle ... [illegible] / Branche maternelle ... [illegible]

COLLATERAUX

Frères, Belles-Sœurs, Neveux et Nièces ... [illegible]
Sœurs, Beaux-Frères, Neveux et Nièces ... [illegible]
Oncles / Tantes — Cousins et Cousines — Branche paternelle ... [illegible] / Branche maternelle ... [illegible]
Parrain, Marraine, Filleuls et Filleules ... [illegible]
Documentation personnelle sur les Époux ... [illegible]

Inscrire notamment : [illegible]

Ce *Livre d'or de la famille*, publié en 1940, donne à la fois des conseils pour les recherches, des modèles à remplir et une présentation des valeurs que se doit d'avoir une «bonne famille». Depuis les années 1960, ce type de manuels pratiques s'est multiplié.

Les recherches généalogiques effectuées par un membre d'une famille se concrétisent de plus en plus par de vastes réunions de famille où l'on s'efforce de rassembler le plus possible de cousins. Elle prennent souvent prétexte d'une célébration – centenaire, noces d'or, etc. Une photo de groupe (ci-contre et à gauche) vient traditionnellement immortaliser l'événement.

groupe authentique, auquel ils appartiendraient de droit, à une famille en somme et à un terroir. S'ajoute à cela le besoin de se classer, de se repérer, au sein même de la famille, mais aussi en dehors d'elle, en démontrant la continuité du parcours familial, où l'on aimerait identifier des traits propres à la lignée. Parallèlement, le niveau d'instruction s'est accru et généralisé, donnant à beaucoup le goût

de l'histoire, le sens critique, la méthode et la patience nécessaires pour mener à bien une recherche généalogique.

Cet irrésistible engouement généalogique a entraîné la naissance de très nombreuses associations, qui pratiquent activement l'entraide, mais ont aussi souvent un aspect de club : on s'y retrouve entre soi pour parler de généalogie (si possible la sienne...). Presque toutes publient des revues, annuelles ou trimestrielles.

Dans les familles nobles, où le nombre des possessions a multiplié les documents administratifs, les papiers concernant l'histoire de la famille sont conservés avec soin dans des archives privées (ci-contre).

Une nouvelle activité pour les Archives

L'univers des Archives départementales a été bouleversé par le raz de marée des lecteurs et de leurs demandes. Il fallut alors transformer rapidement les services, trouver les crédits nécessaires pour engager du personnel et surtout créer de nouveaux locaux désormais adaptés à l'accueil d'un public nombreux, édicter enfin des règles de conduite strictes en liaison avec les associations de généalogie. Un nouveau climat de confiance s'est installé, chaque partie y mettant du sien et, actuellement il existe une véritable collaboration entre archivistes et généalogistes. Certains directeurs d'archives organisent des cours de paléographie, d'autres aident à l'élaboration de méthodes de recherches; les généalogistes en retour se chargent de travaux de constitution d'instruments d'analyse pour lesquels l'administration ne dispose pas du personnel nécessaire.

Le Minutier central des notaires, reversé aux Archives nationales, permet d'avoir accès aux testaments ou aux règlements de successions, sources parmi les plus utiles pour reconstituer l'histoire des familles. Sur 18 kilomètres de rayonnages, il regroupe plus de cent millions de minutes, dont les plus anciennes remontent à 1452. Elles représentent 30 % des documents consultés (ci-dessus).

C'est le même principe de services réciproques qui permet aux mormons d'obtenir une copie microfilmée de l'état civil, pour leur Genealogical Society of the Church of Jesus Christ of Latter-Days Saints. En effet, les Saints des derniers jours ne sont vraiment saints que si tous leurs ancêtres ont également reçu le baptême mormon, qu'il est heureusement possible de recevoir *post mortem* : afin de n'oublier personne, les autorités mormones ont décidé de baptiser en bloc l'ensemble des ancêtres potentiels de leurs coreligionnaires dont elles pouvaient retrouver la trace. Les services d'archives européens ont profité de cette bizarrerie théologique, puisque les originaux des microfilms réalisés par cette secte sont restés la propriété des dépôts où les registres sont conservés. Les doubles de ces cyclopéennes archives sont conservés dans un dépôt blindé et à l'épreuve du feu, creusé sous une montagne qui domine Salt Lake City (Utah).

Le rêve de tous les généalogistes serait d'avoir à sa disposition toutes les archives du monde. C'est ce que les mormons ont commencé à mettre en œuvre, sur une échelle véritablement planétaire – même sur Internet –, dans leur centre de recherches à Salt Lake City (ci-dessous, l'une des salles de consultation).

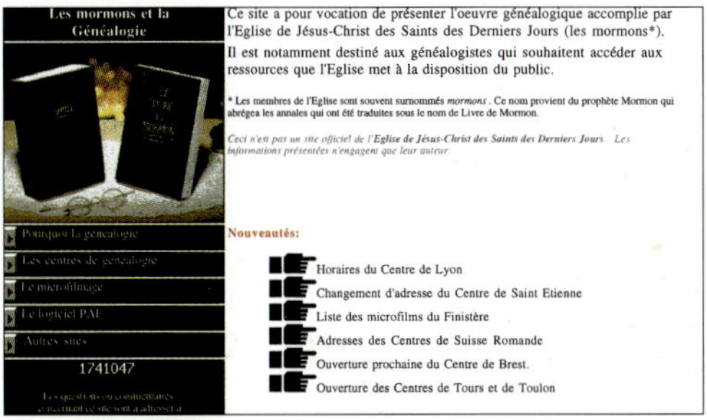

La projection de soi sur ses ancêtres

Des causes certainement plus profondes que les seules conditions matérielles favorables viennent expliquer l'ampleur du mouvement en faveur de cette science. Le lien qui existe entre la généalogie et l'autobiographie a été bien bien mis en lumière depuis quelques années, notamment par André Burguière dans son article pour «Les Lieux de mémoire» : «Le récit autobiographique sélectionne et regroupe les souvenirs personnels en fonction de l'image mythique de soi-même, d'un mythe de la personnalité qui est le véritable sujet de toutes les autobiographies. De même, le discours généalogique mobilise la mémoire pour nourrir l'imaginaire et construire un mythe familial.» La généalogie constitue une sorte de prolongement de soi, elle explique ce que l'on est par l'exposition de ses antécédents génétiques et comme l'autobiographie, elle est une confirmation de l'ego du généalogiste.

La démarche de réaliser une recherche généalogique est en soi une quête identitaire. En effectuant le classement de sa parenté, en déterminant les limites de la famille, on se classe soi-même, au sein de sa famille, comme dans le temps, et on reconnaît qu'un jour on ne sera plus qu'un nom accroché à une branche de l'arbre généalogique.

La lutte contre l'oubli et la mort

La présence de la mort est un sujet que les généalogistes n'abordent pas volontiers, qu'ils le redoutent, qu'ils n'en aient pas nettement conscience ou qu'il leur semble trop évident. C'est pourtant l'une des dominantes constantes de la généalogie et l'on sait bien, dès que l'on commence des recherches, que leur objet est de retrouver la trace de personnes qui ont, presque par définition, disparu depuis longtemps.

Chaque étape de cette recherche est scandée par la mort d'une génération. Les documents qu'on utilise sont un constant rappel de la présence de la mort : l'une des trois séries de registres de l'état civil lui est consacrée, et autant que les deux autres séries, les

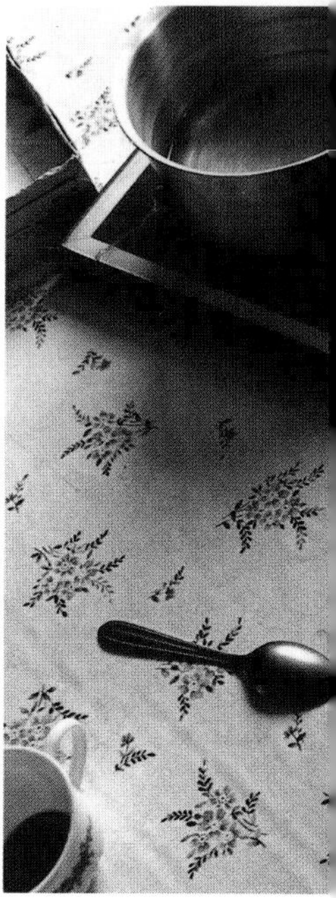

«Lorsqu'un vieux meurt, c'est une bibliothèque qui brûle.» Ce proverbe africain rappelle que les personnes âgées sont un peu des archives vivantes. Leur mémoire se fait particulièrement précise lorsqu'elle concerne les grands événements de la vie. Dans les milieux ruraux, elles étaient, surtout les femmes, les gardiennes d'une sorte de culte des ancêtres, des origines de la famille et de ses ramifications. C'est par elles que les défunts «survivaient» dans la mémoire des vivants.

Le plus simple des actes de l'état civil, l'acte de décès (ci-dessous), n'a généralement pas de mention. Il est l'ultime trace de la vie d'une personne et en quelque sorte sa conclusion. Mais il ouvre aussi les successions et relie ainsi le défunt à ses ascendants ou à sa famille.

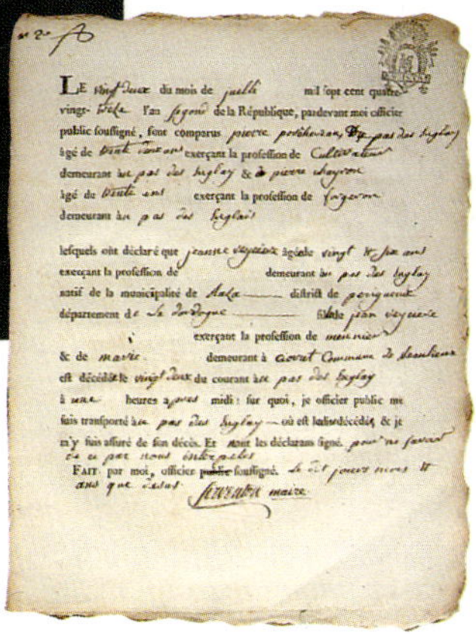

n° 2

LE vingt-deux du mois de juillet mil sept cent quatre-vingt-treize l'an second de la République, pardevant moi officier public soussigné, sont comparus pierre [illegible] pas des [illegible] âgé de trente [illegible] ans exerçant la profession de Cultivateur demeurant au pas des [illegible] & pierre [illegible] âgé de trente ans exerçant la profession de forgeron demeurant au pas des [illegible]

lesquels ont déclaré que jeanne [illegible] âgée de vingt et six ans exerçant la profession de demeurant au pas des [illegible] natif de la municipalité de [illegible] district de perigueux département de la dordogne fille de jean [illegible] exerçant la profession de meunier & de marie demeurant à [illegible] commune de [illegible] est décédée le vingt-deux du courant au pas des [illegible] à une heures après midi : sur quoi, je officier public me suis transporté au pas des [illegible] où est la décédée, & je m'y suis assuré de son décès. Et ont les déclarans signé. [illegible]

FAIT par moi, officier soussigné. [illegible]

[illegible] maire

La visite des cimetières où sont supposés être enterrés leurs ancêtres fait partie des démarches qu'accomplissent les généalogistes amateurs. Ils y trouvent des dates précieuses pour amorcer leurs recherches ou des indications (ci-contre, la tombe d'une dame née en Ardèche et décédée à Shanghaï) qui les aideront à reconstituer certains destins peu communs, à chercher les raisons d'un exil.

renseignements qu'elle contient sont de précieux éléments généalogiques, les derniers dont on dispose sur un individu donné, la longueur de sa vie, son état ou sa profession à la fin de sa vie, les proches qui déclarent son décès.

Il y a dans cet enchaînement des morts aux vivants un aspect réconfortant, qui est certainement ce que l'on cherche en partie dans les généalogies. En s'agrégeant au groupe de ses ancêtres, on oublie un temps les peurs que procure l'approche du moment où on les rejoindra.

Découvrir ainsi l'épaisseur du temps permet de conjurer l'oubli; pour les générations futures, on demeurera non seulement l'un de ceux qui figurent dans la généalogie, mais celui qui l'a faite, celui dont le nom figure sur la couverture. Celui aussi qui s'est assez soucié de sa famille pour éviter que le souvenir s'en perde, puisque c'est l'oubli des vivants qui fait mourir les morts. L'histoire de la famille n'est pas considérée comme une addition d'histoires individuelles reliées entre elles par des liens de filiation, mais comme l'histoire unique d'une entité collective, possédant ses propres particularismes. C'est cette entité collective qu'il convient de maintenir et de préserver de l'extinction, afin que les membres qui en naîtront dans le futur puissent à leur tour participer à l'«illustration» de la famille et en continuer la célébration.

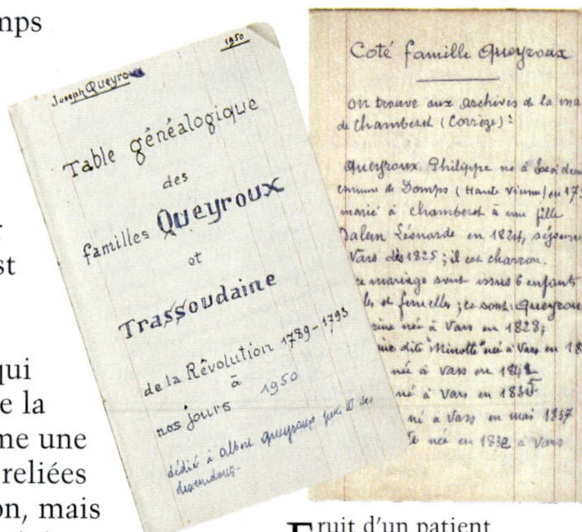

1950

Joseph Queyroux

Table généalogique des familles Queyroux et Trassoudaine de la Révolution 1789-1793 à nos jours 1950

Coté famille Queyroux

On trouve aux archives de la ma[irie] de Chamberet (Corrèze):

Fruit d'un patient travail de recherches, ce carnet de famille est fièrement signé par celui qui l'a établi, en 1950.

Le rêve généalogique

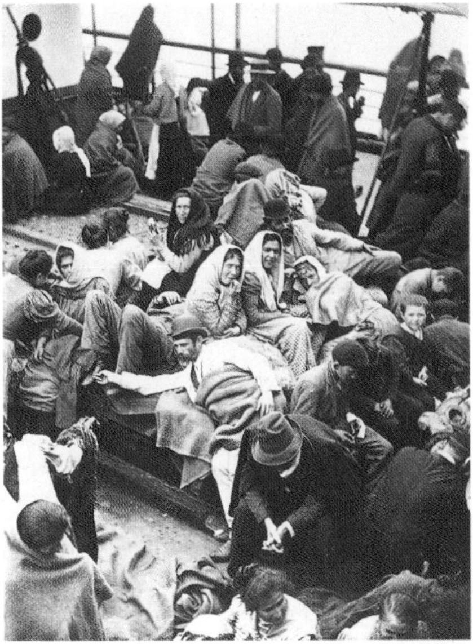

Il y a incontestablement un aspect mythique dans la généalogie : en elle, la famille est stylisée, réduite à ses traits les plus marquants ou, plutôt, à ceux que le généalogiste considère comme tels. Le discours généalogique met ainsi en valeur de façon plus ou moins consciente certains aspects de celle-ci, qui construisent un mythe familial.

Le nom, si banal soit-il, est ce qui donne à la famille son identité et représente son unité; il convient de s'en rendre digne et, dans certaines classes de la société, on déclare vouloir le défendre. Pour tout un chacun, sa puissance évocatrice est grande, ce qui explique les réticences qu'éprouvent souvent les personnes dotées de patronymes ridicules ou orduriers à en changer; ce changement serait vécu plus comme une perte que comme un avantage. C'est par exemple ce qu'affirment dix-huit des héritiers d'une demoiselle Bordel, en critiquant un dix-neuvième qui, seul dans son cas, a fait changer son nom en Bordet; en faisant cela, il s'est coupé de sa famille, en adoptant une attitude jugée égoïste et antifamiliale.

Les noms de baptême sont eux aussi porteurs de sens dans la stratégie symbolique de la famille et, dans bien des régions, dans de nombreuses familles, ceux des grands-parents, des parrains et marraines se retrouvent de génération en génération. Rompre ou continuer une chaîne aussi prégnante constitue donc un choix symbolique important; donner à un bébé un nom de baptême porté par un ancêtre vivant au XVIIe siècle et qui n'aurait plus été utilisé depuis cette époque revient à créer des liens entre cet ancêtre et le nouveau-né. On affirme ainsi qu'il existe une continuité familiale d'autant plus forte qu'elle n'est

Même en cas de coupure radicale avec les origines de leur famille, comme c'est le cas pour les immigrants (ici, des Irlandais au début du siècle), les déracinés s'efforcent d'en conserver des traces symboliques. Les Kennedy (à gauche) ont fait du prénom Joseph qui se retrouve à toutes les générations (à gauche, le père, et debout, à côté de lui, son fils aîné Joseph) un emblème de leur attachement à leur terre d'origine, l'Irlande. En prenant une dimension dynastique, ce prénom devient aussi un symbole de leur ascension sociale.

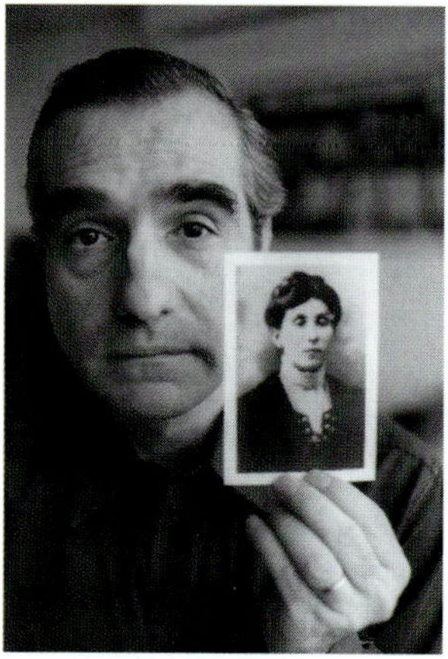

souvent parfaitement comprise que par la famille elle-même.

Les traits communs que l'on peut observer chez les membres d'une même famille, qu'il s'agisse de caractères physiques ou de comportements particuliers, sont toujours relevés avec minutie par les auteurs de généalogies familiales. De grands nez, de petites oreilles, les formes récurrentes du visage relevées sur les portraits photographiques, peints, sculptés, ou encore décrits, sont autant de «marqueurs» aussitôt comparés à ceux que l'on peut observer parmi les membres vivants de sa fratrie. Il en va de même de certaines habitudes, qui sont érigées en coutumes par les membres de la famille eux-mêmes plutôt que par un usage véritablement continu et ancien. Ils y trouvent une valorisation ou une justification; on connaît ainsi l'exemple d'une veuve qui avait épousé un étranger et n'avait de cesse de retrouver dans son ascendance de nombreux exemples de mariages mixtes, preuve d'une habitude bien installée dans la famille.

Les maisons où les familles ont leurs origines, quelle que soit leur importance, constituent des points d'ancrage particuliers, présents dans la mémoire de tous ceux qui ont dû s'en éloigner. Il est rare qu'une famille n'ait utilisé tout au long de son existence qu'une seule et même maison. Si on ajoute aux maisons utilisées par la ligne purement agnatique celles des autres lignes dont on est issu, on arrive à un nombre de maisons, de possessions ou d'utilisations terriennes considérables.

La photo de sa grand-mère sicilienne que présente le cinéaste américain Martin Scorsese, comme le monument funéraire de la famille Renoir sont des supports de l'imaginaire, de la mythologie familiale, qu'élaborent ses membres au fil des générations.

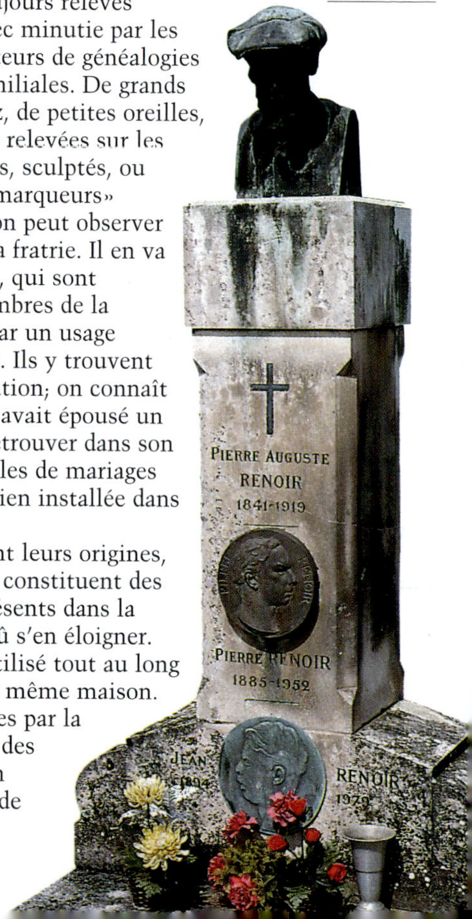

L'imaginaire de la généalogie

Les recherches que le généalogiste réalise et les objets qu'il rencontre ou exhume l'entraînent en un singulier voyage onirique dans le temps comme dans l'espace. Le travail de l'imagination est d'autant plus sollicité que les documents dont on dispose pour établir une généalogie sont des pièces administratives ou juridiques dépourvues d'affect. Ce que l'on tire des actes de l'état civil, des listes de recensement, des testaments, des actes de mutations de propriété, ne constitue que le squelette de la famille, autour duquel il ne reste que bien peu de chair et de sang. Les objets annexes, papiers de famille, lettres, portraits, meubles, qui viennent étoffer un peu ce schéma originel, se font moins nombreux à mesure que l'on remonte dans le temps et c'est bien souvent l'imagination, nourrie des souvenirs de cours d'histoire ou de lectures, qui vient atténuer la sécheresse des documents utilisés.

Lorsque l'on commence une généalogie, on n'a souvent qu'une faible idée de ce que l'on va trouver; progressivement, le parcours de la famille s'éclaire et on s'aperçoit des directions multiples dans lequel s'étend l'arbre généalogique en cours. Même si dès lors on perd souvent sa trace, on a toujours la plus grande satisfaction d'apprendre que tel ou tel cousin éloigné s'est expatrié et selon l'expression consacrée, «est allé chercher fortune ailleurs». On imagine alors la fortune faite, la vie exotique de cet aventurier, qui est allé former souche, espère-t-on, à l'autre bout du monde. Tout dans la généalogie peut devenir le support du rêve éveillé, d'autant plus agréable et révélateur que le choix de ces supports est libre. En effet, la généalogie en apprend souvent autant sur le généalogiste – amateur ou professionnel – qui l'a établie que sur la famille qu'il entend présenter.

Une couronne de mariée, des draps brodés ou des couverts gravés deviennent des objets symboliques lorsqu'une famille s'attache à remonter dans son passé. Ils se transforment en supports de la mémoire, et dès lors qu'ils sont affectés à tel ou tel ancêtre, donnent à de simples listes généalogiques toute une charge affective.

TÉMOIGNAGES ET DOCUMENTS

Pratiques généalogiques anciennes

Au cours des siècles, la façon de concevoir la généalogie reflète les modes de pensée de la société concernée. D'où des utilisations, des présentations, des contenus différents : le Moyen Age privilégie les généalogies royales; au XVIIe siècle, elles étayent les preuves de noblesse; au XIXe siècle, elles peuvent faire l'objet d'un fructueux commerce.

LA NOBLESSE
CONSIDÉRÉE
SOUS SES DIVERS RAPPORTS,
Dans les ASSEMBLÉES GÉNÉRALES
& PARTICULIERES de la Nation;
OU
REPRÉSENTATIONS
DES
ÉTATS-GÉNÉRAUX
ET ASSEMBLÉES DE NOTABLES,
POUR ET CONTRE LES NOBLES,
Avec des Obſervations préliminaires.
PAR M. CHÉRIN.
Prix 5 liv.

La fierté d'être Capétien

Les généalogies royales ont, pour les monarchies héréditaires, une importance politique considérable, elles tendent à «occulter» les très délicats changements de dynasties. Le premier roi d'une nouvelle lignée est en effet toujours difficile à situer lorsque l'on désire éviter le mot d'«usurpateur». Le vide documentaire en la matière pendant le règne des premiers capétiens est symptomatique de cette gêne, avant que de nouveaux axes symboliques puissent être définis.

Au Moyen Age, une bibliothèque historique digne de ce nom devait contenir le plus grand nombre possible d'histoires et de chroniques, mais aussi toutes ces courtes notes, tous ces fragments divers, en un mot tous ces instruments sans lesquels le travail historique, alors comme aujourd'hui, eût été impossible. Parmi eux, tenaient une place essentielle des catalogues qui donnaient la liste chronologique des papes, des empereurs, des rois, des évêques ou des princes, et des généalogies qui, de façon très diverse, toutes simples ou très détaillées, faisaient connaître la filiation d'une famille ou d'un individu.

[…] Après 987 et pendant plus d'un demi-siècle, aucun catalogue n'a été composé ou continué qui aurait donné, à la suite des rois mérovingiens et carolingiens, les noms de leurs successeurs capétiens. Aucune généalogie capétienne n'a non plus été rédigée. […] Dans la seconde moitié du XIe siècle, la généalogie des Capétiens n'était étalée que par leurs ennemis, pour les accabler.

La noblesse considérée sous ses divers rapports par Chérin, 1788.

La parade des partisans de la trop fraîche dynastie fut de passer sous silence des ancêtres compromettants, et de dévider, le plus naturellement qu'il était possible, le fil de la continuité monarchique, la famille capétienne ayant accédé au trône après l'extinction de la carolingienne. [...]

Mais si une simple liste de noms convenait pour les papes, les empereurs ou les évêques, elle était moins satisfaisante pour des rois dont la légitimité était fondée sur l'hérédité. Aussi le document le plus naturel pour une monarchie héréditaire n'était-il pas un catalogue, mais une «généalogie» qui, non seulement donnait les noms des rois successifs, mais encore indiquait d'un mot qu'au père succédait bien le fils (*Childericus genuit Clodoveum. Clodoveus genuit Clotharium*..., etc.). De telles généalogies se heurtaient de front aux changements dynastiques. Deux de ces généalogies sont apparues dans la seconde moitié du XIe siècle. [...] Elles ne masquent nullement les deux changements dynastiques de 751 et 987. Bien plutôt, préfigurant la division de l'histoire de France en trois dynasties qui sera bientôt classique, elles scandent par eux leur suite monotone. [...] Les deux généalogies ont en commun de marquer leurs sympathies capétiennes en ancrant Hugues et ses successeurs dans la continuité monarchique française et en rejetant dans l'ombre leurs ancêtres robertiens, au point qu'aucune des deux ne mentionne même les règnes d'Eudes, de Robert et de Raoul.

Les deux généalogies eurent par la suite un beau succès. On peut suivre l'une et l'autre jusque bien plus tard, au XIIIe siècle. Mais un Français du XIIe siècle devait difficilement accepter

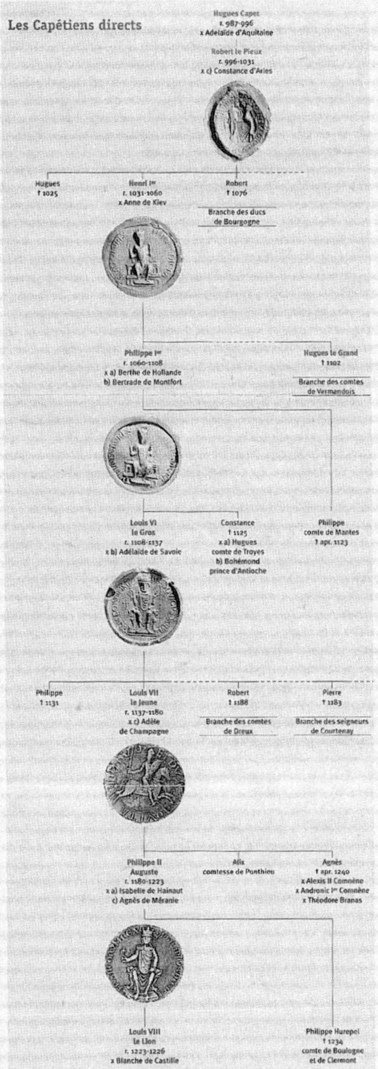

L'arbre généalogique des premiers Capétiens.

que la légitimité de son roi ne fût pas, en quelque façon, fondée sur le sang. On trouve ainsi dans le *Liber Floridus* que Lambert de Saint-Omer écrivit en 1120 une note qui n'hésite pas à faire d'Hugues Capet le neveu du dernier roi carolingien, Louis V. La culture historique des contemporains de Louis VI n'était pas si médiocre. Ils savaient à tout le moins qu'Hugues Capet était le fils d'Hugues le Grand. Ils ne pouvaient accepter cette grossière erreur. Et les capétiens restèrent dans la première moitié du XIIe siècle ce qu'ils étaient cinquante ans plus tôt : des rois légitimes aux ancêtres discrets.

Bernard Guenée,
Les généalogies entre l'Histoire et la politique : La fierté d'être capétien, en France, au Moyen Age,
Annales, 1978, Armand Colin.

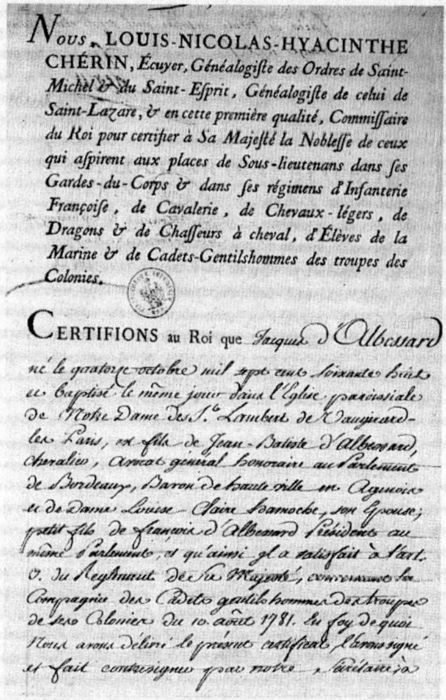
Nous, LOUIS-NICOLAS-HYACINTHE CHÉRIN, *Écuyer, Généalogiste des Ordres de Saint-Michel & du Saint-Esprit, Généalogiste de celui de Saint-Lazare, & en cette première qualité, Commissaire du Roi pour certifier à Sa Majesté la Noblesse de ceux qui aspirent aux places de Sous-lieutenans dans ses Gardes-du-Corps & dans ses régimens d'Infanterie Françoise, de Cavalerie, de Chevaux-légers, de Dragons & de Chasseurs à cheval, d'Élèves de la Marine & de Cadets-Gentilshommes des troupes des Colonies.*

CERTIFIONS au Roi que Jacques d'Albessard né le quatorze octobre mil sept cent soixante huit et baptisé le même jour dans l'Eglise paroissiale de Notre Dame des St Lambert de Vaugirard-les Paris, est fils de Jean-Batiste d'Albessard, chevalier, avocat général honoraire au Parlement de Bordeaux, Baron de haute ville en Agenois et de Dame Louise-Claire Lamoche, son Epouse; petit fils de françois d'Albessard Président au même Parlement, et qu'ainsi il a satisfait à l'art. 7. du Reglement de Sa Majesté, concernant la Compagnie des Cadets gentilshommes des troupes de ses Colonies du 10. août 1781. En foy de quoi Nous avons délivré le présent certificat, l'avons signé et fait contresigner par notre Secrétaire à

Certificat de noblesse établi par Louis-Hyacinthe Chérin.

<u>Comment (ne pas) devenir Cousin du Roy…</u>

Les recherches de noblesse que les rois de France diligentèrent auprès des intendants de leurs provinces à partir de la fin du XVIe siècle suscitèrent parfois des effets pervers et réveillèrent des appétits qui sinon seraient restés en sommeil. L'enquête d'un de ces intendants l'amena à réclamer de Gaspard de Courtenay, seigneur de Bléneau, ses preuves de noblesse. Il fit ainsi prendre conscience à cette branche, ainsi qu'à celle de ses cousins, les seigneurs de Chevillon, de leur origine royale, puisque leur ancêtre direct, Pierre, seigneur de Courtenay, était fils du roi Louis VI. Ils revendiquèrent alors leur titre de princes du sang au moyen de multiples mémoires, libelles, traités, qui restèrent lettre morte; ils suscitèrent la réalisation en 1661 par Jean Du Bouchet de son *Histoire généalogique de la maison royale de Courtenay*; le roi accepta que l'ouvrage lui fut dédié, mais il ne donna pas plus que ses prédécesseurs suite aux réclamations de ses cousins, qui continuèrent à protester jusqu'en 1714 et 1737, peu avant leur extinction.

Ces revendications insistantes donnèrent des idées à un Charentais dont la noblesse était sujette à caution, Alexandre de Redon, seigneur de Pranzac. Il descendait d'une famille de marchands de bois nommée de Dreux, qui n'était que l'une des familles homonymes de la maison royale de Dreux, mais à laquelle il prétendait appartenir. Afin de faire reconnaître implicitement par l'administration royale des titres auxquels, sans doute, il ne croyait pas beaucoup lui-même, il crut très subtil de faire publier un mémoire qu'il intitula *Déduction généalogique en abrégé de la branche y mentionnée de la maison de Dreux suivant ses preuves. Imp. l'an M. DC. LXV*. Ce faisant, il égratignait évidemment la plupart des travaux parus sur le sujet, et son initiative qu'il avait pensée discrète, prit les proportions d'une affaire d'Etat. Jean Du Bouchet, impliqué pour un passage de son *Histoire de la maison de Courtenay*, lui fit une réponse sans nuances :

Responce à la requeste que Mr de Pranzac, prince du Sang imaginaire s'est persuadé avoir présenté au Roy. Par M. Du Bouchet, Chevalier de l'Ordre du Roy, Conseiller en ses Conseils & son Maistre d'Hostel ordinaire. Paris 1667. [...]

Si Monsieur de Pranzac avoit esté bien conseillé, il se seroit contenté d'estre Prince du Sang dans son domestique & parmy ses Valets, sans vouloir paroistre en public comme un Roy de Théatre, environné d'une longue suite d'ayeux dont l'existance peut estre instement comparée à celle des Fameux Chevaliers de la Table Ronde : Car estant comme il est d'une naissance populaire, Il ne se peut dire de la Maison Royale, sans estre envoyé aux petites Maisons, ou puny comme Criminel de léze-magesté. Mais puisque ces raisons n'ont pû guérir son imagination blessée & qu'il a eu l'insolence de produire l'extrait de quarante-neuf Titres faux pour soutenir la fabuleuse descente de la Maison de Dreux, je veux faire connoistre à tout le monde que tout ce qu'il a fait faire & avancé dans ses ridicules escrits, afin qu'on le crut issu du sang royal, n'est qu'un tissu continuel d'Impostures, d'Impossibilitéz & d'anachronismes & que les plaintes qu'il fait de moy dans sa requeste, ne procèdent que des vapeurs de la Mélancolie. Car s'il n'avoit le cerveau remply de sa vision chimérique, il n'auroit pas cru mal à propos que i'ay voulu diminuer la grandeur de la maison de Dreux, en disant dans l'histoire de celle de Courtenay qu'elle avoit été poursuivie pour la Preuve de sa noblesse l'an 1540 ny ne m'auroit pas accusé «d'avoir mis cela en avant contre la vérité». [...]

Redon de Pranzac ne sut pas reconnaître que la réponse de Du Bouchet, historiographe du roi, constituait à la fois un dernier avertissement et un acte d'accusation. Il persista dans sa revendication et fit paraître des réfutations des thèses avancées contre lui. Il fut alors arrêté et un procès pour faux, usage de faux et crime de lèse-majesté fut instruit à l'encontre de sa personne, durant lequel il eut le tort de maintenir ses prétentions. Il eût été pendu si, à l'extrême limite de la patiente royale, ses proches n'étaient parvenus à lui faire entendre raison et à lui faire enfin renoncer «au fatras de ses idées creuses». Ils le firent interner comme fou...

Les marchands de merlettes

UNE SOCIÉTÉ HÉRALDIQUE COMME IL N'EN FAUT PAS

Les enseignements de ce petit texte qui fleure bon sa IIIe République sont nombreux : il montre, bien sûr, les méthodes scandaleuses utilisées alors par les «marchands de merlettes», mais aussi l'ascendant que pouvaient exercer certains érudits de province sur leurs contemporains moins cultivés. On y remarque aussi l'étroite connexion qui existait alors entre généalogie et héraldique, laquelle a désormais presque disparu : la Société française d'héraldique et de sigillographie ne publierait plus aujourd'hui un tel texte dans sa revue; il paraîtrait dans une revue généalogique.

Je vais conter une histoire vraie.
La scène se passe vers 1905; je ne change que les noms. Un de mes amis, M. Quartier, habitant une ville maritime de Picardie, reçoit une belle lettre sur papier ministre. En tête : «Académie héraldique de France». «Président : le marquis de La Feuillée. Secrétaire : le comte de Sotteville». […] Suit le texte de la lettre : «Monsieur, au cours des recherches désintéressées que notre Institut poursuit sans se lasser, dans le seul but de rendre service aux familles, nous avons trouvé les preuves que vous appartenez à une très ancienne famille noble du Ponthieu. Si vous voulez recevoir vos armoiries, enluminées sur parchemin il vous suffira de nous envoyer la somme de cinq francs [francs-or, ne l'oublions pas]. Pour trois cents francs [du même métal] vous aurez votre généalogie complète depuis l'an 1500.»

M. Quartier me montre la lettre
– «Evidemment, lui dis-je, vos bonshommes ont trouvé dans Rousseville la généalogie et le blason des Le Quartier, seigneurs de Bichecourt. Je ne vous conseille pas de perdre trois cents francs, mais pour les cent sous vous pouvez y aller. Ils vous enverront, ou je me trompe fort, l'écu au chevron et aux gerbes des Le Quartier de Bichecourt.»

Cela ne manqua pas. Quartier envoya ses cinq francs et reçut aussitôt l'écusson susdit.

Mais, comme il avait mordu à l'hameçon, La Feuillée et Sotteville revinrent à la charge : «Vos armes, c'est très bien, mais il serait encore plus intéressant pour vous d'avoir votre filiation. Voyez combien le fait d'appartenir authentiquement à une famille de bonne noblesse peut aider à l'établissement de vos enfants», etc., etc.

Bref, Quartier se laisse tenter, Sotteville lui demande alors, afin que le travail soit aussi complet que possible, tous les renseignements qu'il possède sur ses ascendants et sa parenté. Or, Quartier avait pu remonter jusqu'à un certain Jean Quartier, riche laboureur, propriétaire au village de Bours-le-Sec, en 1680. Il envoie le tout à Sotteville.

Après cet envoi, Quartier me met au courant.

«Très bien, lui dis-je, vous êtes refait de trois cents francs, vous étiez prévenu, tant pis pour vous. Voici le *Nobiliaire de Picardie*, de Rousseville. Voyez la généalogie Le Quartier. Vers 1640, vous y trouvez le mariage du seigneur de Bichecourt; il a trois fils, comme vous le voyez. Et bien! sur la copie que va vous envoyer votre comte de Sotteville, il en aura quatre : le quatrième sera votre aïeul direct. Vous verrez bien si je me trompe.» – Et je lui laisse la copie du *Nobiliaire*.

Quelques jours plus tard, il m'écrit : «C'est bien cela. J'ai reçu la généalogie, très joliment calligraphiée. Elle est tout à fait conforme à celle du *Nobiliaire* de Rousseville, et mon ancêtre y figure bien à la place que vous aviez prévue. Seulement, au lieu de le qualifier : «laboureur à Bours-le-Sec», on le titre : «écuyer, seigneur de Bours-le-Sec en partie». Et, après lui, de père en fils, nous sommes tous écuyers. Ma trisaïeule, née Devilliers, d'une honorable famille de cultivateurs, est appelée : de Villiers, et gratifiée des armes de Villiers de L'Isle-Adam! Cela, c'est un peu fort. Mais après tout, sur le fond des choses, qui nous dit que ces messieurs n'ont pas raison? Ils ont pu voir des documents que nous ne connaissons pas.»

«Ah! lui dis-je, vous voilà à demi

convaincu par ces flibustiers? Eh bien! donnez-moi un délai de quinze jours, et je me fais fort de vous démontrer que leur travail est un tissu de fables.»

Je savais où m'adresser, Bours-le-Sec est un village voisin de ma ville natale, et tous les contrats de ses habitants se sont toujours passés devant les notaires de chez moi. Je montai dans le grenier de l'étude, je m'enfonçai dans la poussière des vieux minutiers; au bout de quelques jours, j'avais trouvé les contrats de mariage du père et du grand-père du Jean Quartier de 1680. Inutile d'ajouter que c'étaient de bons paysans, complètement étrangers aux sieurs de Bichecourt. Je montre à M. Quartier le résultat de mes recherches : mon homme, furieux contre ses exploiteurs, leur écrit une lettre d'injures.

Réponse de Sotteville : «Voilà donc comment nous sommes récompensés du labeur écrasant auquel nous nous condamnons, à seule fin de rendre service aux familles françaises. Mais sachez, monsieur, que vos injures ne m'atteignent pas; elles s'adressent à d'Hozier, à Chérin, à Clairambault et à tous les généalogistes des ordres du roi! Allez à la Bibliothèque nationale, voyez le volume 1979 des *Pièces originales du Cabinet des Titres*, page 45.472 : vous y trouverez la preuve formelle de tout ce que je vous ai écrit.»

Quartier me montre cette lettre.

«Jusqu'ici, lui dis-je, vous me rendrez cette justice que je vous avais prédit tout ce qui vous est arrivé. Mais cette fois, je ne m'attendais pas à ceci; vous m'en voyez béat.» – «Il faut absolument tirer la chose au clair, me dit-il. Allons à Paris».

Le lendemain, nous étions dans la salle des manuscrits de notre grande Bibliothèque. Je demande le volume indiqué; je l'ouvre à la page voulue. La pièce y était! – Oh! juste ce qu'il fallait : un court fragment généalogique donnant deux générations des Le Quartier de Bichecourt, y compris Jean Le Quartier, écuyer, sieur de Bours-le-Sec en partie, 1680, sa femme, ses fils, leurs alliances et c'est tout.

Cependant j'examine de près le texte : papier ancien, écriture rappelant celle du XVIIIe siècle, mais l'encre est bien fraîche! De plus, la pièce n'est ni timbrée, ni numérotée. La page précédente porte le n° 45.472, la suivante est cotée 45.473.

«Eh!, m'écriai-je, votre Sotteville a introduit la pièce dans le registre; rien de plus facile : les pièces originales sont montées sur onglets; naturellement il y a des onglets intermédiaires. Avec un peu de colle à bouche, le tour est joué.»

M. de La Roncière, président de la salle, saisi de l'incident, constate le fait et nous déclare que le conseil d'administration de la Bibliothèque va aviser.

Et, en effet, on peut lire aujourd'hui, à la page susdite : «Ici avait été frauduleusement ajoutée une pièce qui a été retirée le 27 février 1905.»

Epilogue :

En sortant de la Bibliothèque, je dis à mon ami Quartier, exaspéré contre ses voleurs : «Eh bien ! les voilà pris la main dans le sac. Vous les tenez, un bon procès pour escroquerie…» – «Ah! non! pas de ça! Tous mes amis se ficheraient de moi. Je les entends d'ici! Quartier qui a voulu se faire anoblir… Le bourgeois gentilhomme… M. de Pourceaugnac…»

Et voilà comment les fabricants de fausses généalogies jouent sur le velours!

Roger Rodière,
«Une société héraldique
comme il n'en faut pas»,
in *Revue française d'héraldique et de sigillographie*,
t. II, 1939.

La littérature, histoires de famille

Rares sont les généalogistes qui, plus ou moins consciemment, n'ont pas présent à l'esprit la possibilité de transformer leur travail en une publication. Mais aucun n'est effleuré par l'idée de faire ainsi de la littérature. Pourtant, celle-ci se nourrit abondamment de généalogie, que des écrivains décident de publier l'histoire de leur famille, comme Marguerite Yourcenar, qu'ils en fassent le sujet d'un ou plusieurs romans, tel Zola, ou encore qu'ils s'appuient sur elle pour élaborer une théorie sociale «enromancée», comme Tolkien.

Succès de librairies

L'exemple le plus parfait d'un écrivain racontant l'histoire de sa famille nous est probablement donné par Marguerite Yourcenar dans un triptyque familial intitulé *Le Labyrinthe du monde*, *Souvenirs pieux*, où elle raconte l'histoire des personnes de sa famille dont elle-même a le souvenir, *Archives du Nord*, consacré à l'étude de ses ancêtres tels qu'ils lui apparaissaient d'après les recherches qu'elle avait faites, et *Quoi? l'éternité*, réflexion plus personnelle sur la famille, la mort, la destinée, qui constitue son testament spirituel. Beaucoup d'auteurs préfèrent choisir le biais du roman, dont la forme leur est plus familière et dont les possibilités sont plus étendues, pour écrire des histoires inspirées de celles de leur famille. Robertson Davies, dans *Fantômes et Cie*, expose le devenir d'une famille anglaise implantée d'abord à Boston, d'où elle fut chassée par la Révolution américaine, puis à Toronto, au Canada; dont les aléas sont en grande partie inspirés du destin de sa propre famille maternelle.

De très nombreux romans ont pour sujet la famille et suivent au fil des années ou des siècles le devenir des membres d'une lignée. Dans certains cas, c'est le succès d'un premier roman qui incite l'auteur à lui donner une suite, à prolonger les aventures qui pouvaient n'être qu'évoquées en toile de fond dans le premier volume : c'est ce que fit Mazo de La Roche, à partir de son roman initial *Jalna*, paru en 1927. Elle développa, en amont comme en aval, la destinée des différents membres de la famille, les Whiteoaks, en une dizaine de romans dont le cours s'étend sur un siècle. D'autres, comme *Les Grandes Familles* de Maurice Druon, sont conçus dès l'origine comme des romans à suite;

il est d'ailleurs possible de combiner le genre du roman généalogique avec d'autres, comme le roman historique (les deux vont bien ensemble), ainsi que le fit la Norvégienne Sigrid Undset, prix Nobel en 1928, dans *Khristin Lavransdatter* ou dans *Olav Audunssoen*. Beaucoup de ces romans sont des succès de librairie, car les lecteurs aiment à retrouver, comme des amis de plus en plus intimes, les différents acteurs de ces ouvrages.

Certains auteurs plus ambitieux tentent de faire de la famille dans son ensemble une observation critique. La structure même de la parenté a en effet sur la société une action profonde qui, lorsque la famille possède des moyens d'action tels que pouvoir et/ou argent, constitue un inépuisable réservoir de romans. Balzac fut l'un des premiers à voir tout l'intérêt qui existait dans la présentation de la famille bourgeoise ou aristocratique du début du XIXe siècle, mais c'est surtout Zola qui a donné une véritable généalogie à ses *Rougon-Macquart* qu'il affecte tous d'une «tare héréditaire». Pour John Galsworthy, la tare dont souffriraient ses personnages, les Forsyte, serait plutôt sociale. Du haut de leur splendide isolement, aveugles à l'évolution sociale qui les menace, ils verront tomber, sans en comprendre la cause, les remparts de leur forteresse bourgeoise, qu'ils croyaient inébranlables. Sa série, *The Forsyte Saga*, eut un tel succès qu'on a ensuite appliqué, un peu à tort et à travers, le nom de saga à tous les romans en plusieurs volumes traitant de l'histoire d'une famille.

Emmanuel de Boos.

La généalogie des Rougon-Macquart

*La famille des Rougon-Macquart, objet de l'*Histoire naturelle et sociale d'une famille sous le Second Empire*, compte un grand nombre de névropathes; influencé par les écrits des physiologistes, Zola les fait souffrir d'une tare héréditaire émanant de leur ancêtre commun, Adélaïde (la tante Dide). Le docteur Pascal Rougon explique ici à sa nièce Clotilde l'arbre généalogique et pathologique de la famille et résume ainsi les idées que Zola se faisait de l'hérédité.*

D'abord ce fut l'Arbre généalogique des Rougon-Macquart qu'il lui montra. […] Depuis plus de vingt années, il le tenait au courant, inscrivant les naissances et les morts, les mariages, les faits de famille importants, distribuant en notes brèves les cas, d'après sa théorie de l'hérédité. C'était une grande feuille de papier jaunie, aux plis coupés par l'usure, sur laquelle s'élevait, dessiné d'un trait fort, un arbre symbolique, dont les branches étalées, subdivisées, alignaient cinq rangées de larges feuilles; et chaque feuille portait un nom, contenait, d'une écriture fine, une biographie, un cas héréditaire.

[…] «Regarde donc, fillette! Tu en sais assez long, tu as recopié assez de mes manuscrits, pour comprendre… N'est-ce pas beau, un pareil ensemble, un document si définitif et si total, où il n'y a pas un trou? On dirait une expérience de cabinet, un problème posé et résolu au tableau noir… Tu vois, en bas, voici le tronc, la souche commune, tante Dide. Puis les trois branches qui en sortent, la légitime, Pierre Rougon, et les deux bâtardes, Ursule Macquart et Antoine Macquart. Puis, de nouvelles branches montent, se ramifient : d'un côté, Maxime, Clotilde et Victor, les trois enfants de Saccard, et Angélique, la fille de Sidonie Rougon; de l'autre, Pauline, la fille de Lisa Macquart, et Claude, Jacques Etienne, Anna, les quatre enfants de Gervaise, sa sœur. Là, Jean, leur frère, est au bout. Et tu remarques, ici, au milieu,

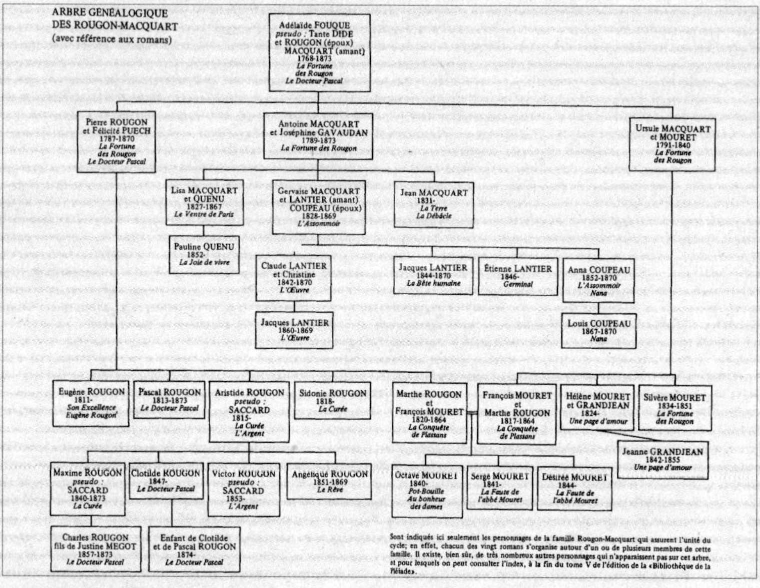

Sont indiqués ici seulement les personnages de la famille Rougon-Macquart qui assurent l'unité du cycle; en effet, chacun des vingt romans s'organise autour d'un ou de plusieurs membres de cette famille. Il existe, bien sûr, de très nombreux autres personnages qui n'apparaissent pas sur cet arbre, et pour lesquels on peut consulter l'index, à la fin du tome V de l'édition de la «Bibliothèque de la Pléiade».

ce que j'appelle le nœud, la poussée légitime et la poussée bâtarde s'unissant dans Marthe Rougon et son cousin François Mouret, pour donner naissance à trois nouveaux rameaux, Octave, Serge et Désirée Mouret; tandis qu'il y a encore, issus d'Ursule et du chapelier Mouret, Silvère dont tu connais la mort tragique, Hélène et sa fille Jeanne. Enfin, tout là-haut, ce sont les brindilles dernières, le fils de ton frère Maxime, notre pauvre Charles, et deux autres petits morts, Jacques-Louis, le fils de Claude Lantier, et Louiset, le fils d'Anna Coupeau… En tout cinq générations, un arbre humain qui, à cinq printemps déjà, à cinq renouveaux de l'humanité, a poussé des tiges, sous le flot de sève de l'éternelle vie!»

Il s'animait, son doigt se mit à indiquer les cas, sur la vieille feuille de papier jaunie, comme sur une planche anatomique.

«Et je te répète que tout y est… Vois donc, dans l'hérédité directe, les élections : celle de la mère, Silvère, Lisa, Désirée, Jacques, Louiset, toi-même; celle du père, Sidonie, François, Gervaise, Octave, Jacques-Louis. Puis ce sont les trois cas de mélange : par soudure, Ursule, Aristide, Anna, Victor; par dissémination, Maxime, Serge, Etienne; par fusion, Antoine, Eugène, Claude. J'ai dû même spécifier un quatrième cas très remarquable, le mélange équilibre, Pierre et Pauline. Et les variétés s'établissent, l'élection de la mère par exemple va souvent avec la ressemblance physique du père, ou c'est le contraire qui a lieu; de même que, dans le mélange, la prédominance physique et morale appartient à un facteur ou à l'autre, selon les circonstances… Ensuite, voici l'hérédité indirecte, celle des collatéraux : je n'en ai qu'un exemple bien établi, la ressemblance physique d'Octave Mouret avec son oncle Eugène

Rougon. Je n'ai aussi qu'un exemple de l'hérédité par influence : Anna, la fille de Gervaise et de Coupeau, ressemblait étonnamment, surtout dans son enfance, à Lantier, le premier amant de sa mère, comme s'il avait imprégné celle-ci à jamais… Mais où je suis très riche, c'est avec l'hérédité en retour : les trois cas les plus beaux, Marthe, Jeanne et Charles, ressemblant à tante Dide, la ressemblance sautant ainsi une, deux et trois générations. L'aventure est sûrement exceptionnelle, car je ne crois guère à l'atavisme; il me semble que les éléments nouveaux apportés par les conjoints, les accidents et la variété infinie des mélanges doivent très rapidement effacer les caractères particuliers, de façon à ramener l'individu au type général… Et il reste l'innéité, Hélène, Jean, Angélique. C'est la combinaison, le mélange chimique où se confondent les caractères physiques et moraux des parents, sans que rien d'eux semble se retrouver dans le nouvel être.»

Emile Zola,
Le docteur Pascal

«Le Seigneur des anneaux»

Tolkien, qui fut professeur de littérature du Moyen Age à Oxford, a utilisé ses énormes connaissances pour composer une heroic fantasy *extraordinairement vivante, dont* Le Seigneur des anneaux *fut le couronnement. Il emploie abondamment les généalogies pour donner à son monde complexe une cohérence rarement atteinte dans ce genre littéraire. Dans le prologue de son roman, il prête son intérêt pour cette science à son peuple de prédilection, les Hobbits, qui ne sont finalement qu'une représentation idéalisée des Anglais du début du XXe siècle. Plus loin, afin de présenter les personnages principaux, il met en scène une discussion généalogique entre le jardinier d'un notable, Bilbon Sacquet, et des amis, à propos de son héritier, Frodon Sacquet.*

Les maisons et les trous des Hobbits de la Comté étaient souvent vastes et habités par des familles nombreuses. (Bilbon et Frodon Sacquet, célibataires, étaient très exceptionnels, comme en bien d'autres matières, par exemple leur amitié avec les Elfes.) Parfois, comme dans le cas des Touque des Grands Smials ou des Brandebouc de Château-Brande, de nombreuses générations de parents vivaient ensemble en paix (relative) dans une seule demeure ancestrale à nombreuses galeries. Les Hobbits étaient tous, et dans tous les cas, attachés aux clans, et ils tenaient un compte extrêmement soigneux de leurs parentés. Ils dressaient des arbres généalogiques longs et compliqués, aux branches innombrables. Quand on a affaire aux Hobbits, il est important de se rappeler qui est parent de qui, et à quel degré. Il serait impossible de donner dans ce livre un arbre généalogique qui ne comprenne même que les membres les plus importants des principales familles à l'époque où se déroule le présent récit. Les généalogies qui se trouvent à la fin du Livre Rouge de la Marche de l'Ouest forment à elles seules un petit livre, et tous autres que les Hobbits les trouveraient extrêmement fastidieuses. Eux se délectaient de pareilles choses, si elles étaient exactes; ils aimaient avoir des livres emplis de choses qu'ils savaient déjà, posées nettement et sans conteste.

– M. Frodon est un jeune Hobbit aussi gentil qu'on pourrait le souhaiter. Il ressemble beaucoup à M. Bilbon, et pas seulement de traits. Son père était un Sacquet après tout. Et c'était un respectable Hobbit très comme il faut que M. Drogon Sacquet; il n'y a jamais eu grand-chose à dire de lui jusqu'au jour où il s'est noyé.

– Noyé? firent plusieurs voix.

On avait déjà entendu cela et d'autres rumeurs plus sombres, bien sûr; mais les Hobbits ont une passion pour l'histoire des familles, et on était prêt à l'entendre raconter de nouveau.

– Eh bien, c'est ce qu'on dit, répondit l'Ancien. Voyez-vous : M. Drogon, il avait épousé la pauvre Mlle Primula Brandebouc. Elle était la cousine germaine de notre M. Bilbon du côté maternel (sa mère étant la plus jeune des filles du Vieux Touque); et M. Drogon était son cousin issu de germain. Ainsi M. Frodon est en même temps son cousin germain et son cousin issu de germain, son oncle à la mode de Bretagne des deux côtés, comme on dit, si vous me suivez. Et M. Drogon était en séjour à Château-Brande chez son beau-père, le vieux Maître Gorbadoc, comme il le faisait souvent après son mariage (car il était assez porté sur la boustifaille, et le vieux Gorbadoc tenait une bonne et généreuse table); et il était allé canoter sur le Brandevin; et lui et sa femme se sont noyés, alors que M. Frodon était encore un enfant et tout.

– J'ai entendu dire qu'ils étaient allés sur l'eau après le dîner au clair de lune, dit le Vieux Chénier; et que c'était le poids de Drogon qui avait fait couler la barque.

John R. R. Tolkien,
Le Seigneur des anneaux, Paris, 1978

Souvenirs pieux

Au début du premier volume, Souvenirs pieux, *de son triptyque familial,* Le Labyrinthe du monde, *Marguerite Yourcenar montre comment donner un bon départ à une généalogie : se considérer soi-même comme un «objet généalogique» et rassembler autour de soi le plus possible de renseignements tirés des souvenirs des vivants comme des informations extérieures de nature plus administrative. Elle illustre également à propos de son baptême l'importante stratégie que revêtent les prénoms, tant dans les familles bourgeoises que dans les familles populaires. Nommer un enfant est un choix qui donne une idée des aspirations des parents.*

L'être que j'appelle moi vint au monde un certain lundi 8 juin 1903, vers les 8 heures du matin, à Bruxelles, et naissait d'un Français appartenant à une vieille famille du Nord, et d'une Belge dont les ascendants avaient été durant quelques siècles établis à Liège, puis s'étaient fixés dans le Hainaut. La maison où se passait cet événement, puisque toute naissance en est un pour le père et la mère et quelques personnes qui les tiennent de près, se trouvait située au numéro 193 de l'avenue Louise, et a disparu il y a une quinzaine d'années, dévorée par un building.

Ayant ainsi consigné ces quelques faits qui ne signifient rien par eux-mêmes, et qui, cependant, et pour chacun de nous, mènent plus loin que notre propre histoire et même que l'histoire tout court, je m'arrête, prise de vertige devant l'inextricable enchevêtrement d'incidents et de circonstances qui plus ou moins nous déterminent tous. Cet enfant du sexe féminin, déjà pris dans les coordonnées de l'ère chrétienne et de l'Europe du XXe siècle, ce bout de chair rose pleurant dans un berceau bleu, m'oblige à me poser une série de questions d'autant plus redoutables qu'elles paraissent banales, et qu'un littérateur qui sait son métier se garde bien de formuler. Que cet enfant soit moi, je ne puis en douter sans douter de tout. Néanmoins, pour triompher en partie du sentiment d'irréalité que me donne cette identification, je suis forcée, tout comme je le serais pour un personnage historique que j'aurais tenté de recréer, de m'accrocher à des bribes de souvenirs reçus de seconde ou de dixième main, à des informations tirées de bouts de lettres ou de feuillets de calepin qu'on a négligé de jeter au panier, et que notre avidité de savoir pressure au-delà de ce qu'ils peuvent donner, ou d'aller compulser dans des mairies ou chez des notaires des pièces authentiques dont le jargon administratif et légal élimine tout contenu humain. Je n'ignore pas que tout cela est faux ou vague comme tout ce qui a été réinterprété par la mémoire de trop d'individus différents, plat comme ce qu'on écrit sur la ligne pointillée d'une demande de passeport, niais comme les anecdotes qu'on se transmet en famille, rongé par ce qui entre-temps s'est amassé en nous comme une pierre par le lichen ou du métal par la rouille. Ces bribes de faits crus connus sont cependant entre cet enfant et moi la seule passerelle viable; elles sont aussi la seule bouée qui nous soutiennent sur la mer du temps. C'est avec curiosité que je me mets ici à les rejointoyer pour voir ce que va donner leur assemblage : l'image d'une personne et de quelques autres, d'un milieu, d'un site, ou, çà et là, une échappée momentanée sur ce qui est sans nom et sans forme.

[…] Cette semaine agitée fut marquée par quelques petits événements plus secondaires. Le premier fut le baptême. Il eut lieu sans pompe aucune dans la banale église paroissiale de Sainte-Croix, construite en 1859 et rafistolée depuis l'époque où j'écris, sans doute pour la raccorder tant bien que mal au plan architectural d'un imposant Centre de Télévision et de Radio, tout proche. C'était dans cette paroisse que Michel, deux ans et demi plus tôt, avait épousé Fernande. Outre le curé et son enfant de chœur, n'étaient présents que le parrain Monsieur Théobald, Mademoiselle Jeanne, la marraine, soutenue comme toujours par la Fraulein et par sa femme de chambre, qu'elle appelait ses deux cannes, et Madame Azélie qui portait l'enfant et avait hâte de retourner auprès de sa malade, au chevet de laquelle la suppléaient en ce moment Monsieur et Barbara.

La petite fille reçut les noms de Marguerite, à cause de la bien-aimée gouvernante allemande qui s'était nommée Margareta avant de devenir pour tout le monde Mademoiselle Fraulein; d'Antoinette, nom possédé, conjointement à celui d'Adrienne, par la détestable Noémie, dont le prénom habituel paraissait décidément démodé et un peu grotesque; de Jeanne, à cause de Jeanne l'Infirme, et aussi un peu à cause d'une amie de Fernande qui portait ce prénom, parmi d'autres, et était destinée à jouer un assez grand rôle dans ma vie; de Marie, à cause de Celle qui prie pour nous, pauvres pécheurs, en tous temps et à l'heure de notre mort; et enfin de Ghislaine, comme il est souvent d'usage dans le Nord de la France et en Belgique, saint Ghislain passant pour protéger des maladies de l'enfance. Les rituelles boîtes de dragées avaient été commandées à l'avance, n'attendant pour être livrées que le prénom de l'enfant à inscrire en italiques d'argent sur le couvercle de carton crème décoré d'une maternité de Fragonard. Barbara conserva longtemps la sienne. Quelques années plus tard, j'ai sucé pensivement ces amandes enrobées de sucre, ces cailloux blancs, à la fois durs et friables, qui provenaient de mon baptême.

Marguerite Yourcenar,
Souvenirs pieux,
Gallimard, Paris, 1974

Le nom de famille

Les patronymes, comme les noms de baptême, sont les premiers «objets généalogiques» auxquels le chercheur est confronté; c'est par eux que se construisent les généalogies. Ils en constituent l'ossature. Leur force symbolique est donc considérable, tant pour les membres de la famille que pour les «étrangers» en lignage auxquels ils se trouvent opposés.

Tombe de familles italiennes ornée de la photographie des défunts.

Une histoire des noms français

La révolution anthropomorphique des XIe et XIIe siècles.

A l'époque franque, l'homme porte un nom unique, dans la tradition des noms symboliques ou votifs plus ou moins universels. […] Avec l'implantation de la religion chrétienne et de l'Eglise, ce nom devient tout d'abord nom de baptême. Dès lors, il sera choisi non plus dans le seul capital germanique, mais aussi, par souci d'imitation et de vénération, parmi les noms des grands saints et martyrs de l'Eglise. A côté des deux Robert ou Gérard («Hrod-berth», la gloire brillante, et «Gari-hard», la lance forte), apparaissent donc des Martin, d'origine latine (Martinus, nom forgé à l'origine sur celui du dieu Mars), ou Jean (venu de l'hébreu et qui signifie «Dieu accorde», sous-entendu : Dieu accorde un fils à la lignée).

Ce système est déjà bien établi, lorsque succède aux inquiétudes de l'an mil une longue période de paix, de croissance et de prospérité, dont la première conséquence est une formidable poussée démographique. […] La taille de la famille se réduit. De façon générale, on observe un progrès de l'individualisme. L'homme n'est plus considéré comme le membre d'un clan, selon l'ancien esprit germanique. Juridiquement, économiquement, administrativement, fiscalement, il se voit reconnaître une existence propre d'individu.

Ce grand «boom démographique» a également pour résultat d'entraîner un peu partout des homonymies entre les porteurs d'un même nom de baptême, d'autant plus fortes que les pratiques religieuses ont mis certains de ces noms très à la mode, comme Jean, Pierre,

Martin (nom de l'évangélisateur de la Gaule), et, localement, des noms de saints régionaux comme Claude en Franche-Comté, René en Anjou, Nicolas dans l'Est. Le seul nom de baptême ne suffit bientôt plus pour désigner tel individu dans un village ou dans une seigneurie. Nos ancêtres, spontanément, ajoutent à ce nom de baptême un nouvel élément, qui n'est qu'un simple surnom, qu'aucune loi ne rendra jamais ni obligatoire, ni héréditaire, mais qui traversera les siècles pour devenir notre nom de famille.

Les différentes catégories de noms.

Individuels à l'origine, les surnoms sont classables en différentes catégories.

Beaucoup sont nés des noms de baptême. L'homme est tout simplement désigné par rapport à son père (Jean Guillaume, pour Jean fils de Guillaume), voire à sa mère (on parle alors de matronymes, Colette ou Mariotte, ce dernier dérivé de Marie), lorsque la mère dirige la maison, souvent du fait d'un veuvage.

Par ailleurs, de nombreux noms de baptême se transforment en diminutifs (Martineau, Nicolet, Jacquot) ou résultent d'aphérèses, mode de réduction des noms propres consistant à ne prendre que la dernière syllabe, augmentée d'un suffixe. Bertin, Berton, Bertoux sont des aphérèses de noms de baptême terminés en «bert» (Albert, Gilbert, Robert). Le nouveau nom obtenu peut lui-même être traité de façon analogue. Simon donne ainsi Simonnot, qui donnera à son tour Notin, Notet, et même Notot et Notard.

Cependant, nos ancêtres reçoivent souvent des surnoms plus personnalisés, lorsqu'une quelconque particularité ou activité permettait de les distinguer de leurs homonymes. Ce sont les noms se rapportant au physique (Legrand, Roux, Chauvin, Legras); au moral ou au caractère (Lebon, Vaillant, Hardi); au métier ou à la spécialité (Lefèbvre [le forgeron], Fournier [le boulanger], Vannier, Tissier); à la position familiale ou sociale (Laîné, Frère, Bailly).

Il ne faut pas oublier également les surnoms analogiques, se référant au physique, au caractère d'un animal (Belin pour le bélier, Leleu pour le loup), ou à un objet. Dans ce dernier cas, le nom ne désigne pas tant le marchand de l'objet que celui qui, d'une façon ou d'une autre, lui ressemble. Ce n'est donc pas un hasard de ne rencontrer que des objets lourds (le marteau auquel fut comparé Charles Martel, puis bien d'autres), des objets pointus (Brochard, formé sur broche, Flèche…, donnés souvent à des hommes acerbes), des objets larges et gros, rappelant le physique bedonnant, dont de nombreuses mesures de contenance (Boisseau), enfin des objets facilitant les comparaisons grivoises, de forme plus ou moins phallique.

Viennent ensuite les surnoms très personnalisés, forgés au hasard de quelque aventure dont le souvenir s'est bien entendu rapidement perdu, donnant des patronymes obscurs : Chaussivert Percepuce, Pelamourgue (pèle moine).

Enfin, arrivent tous les noms de provenance, se référant au pays, à la province ou à la ville d'origine. Langlois, Pagnol (Espagnol), Lorrain, Gascon, Lyonnais, Derouen…, alors que les très nombreux noms de hameaux furent donnés au contraire à ceux qui les habitent et dont les vies et les travers étaient trop peu connus pour qu'ils puissent recevoir un surnom plus personnalisé.

Au fil des temps.

Ces surnoms vont bientôt obéir à un large courant général faisant tendre toutes choses à l'hérédité et vont se transmettre d'une génération à l'autre, dès le XIIIe siècle, dans la majeure partie du pays, et bien plus tard, au début du XVIIIe dans les massifs montagneux.

Nés essentiellement du langage parlé et des dialectes anciens, ils subiront, cependant, de nombreuses déformations et altérations, quitte à ce que leur sens disparaisse. Il faudra attendre l'apparition des livrets de famille, en 1877, et plus généralement les effets de l'alphabétisation, au début de notre siècle, pour qu'ils reçoivent une orthographe définitive, souvent bien discutable.

Beaucoup se sont éteints au fil des temps, notamment lors de la grande peste noire du Moyen Age qui décima plus du tiers de la population nationale. Sans doute en subsiste-t-il aujourd'hui, entre 250 000 et 550 000, selon les estimations, beaucoup échappant à tout recensement, n'étant plus portés que par une seule personne, parfois une femme, mariée sous un autre nom. Ces noms rarissimes sont évidemment condamnés à disparaître à court terme. Le capital onomastique français est donc aujourd'hui menacé, d'autant plus que, sauf naturalisations, changements de noms ou noms attribués à des enfants abandonnés, on ne peut assister à l'apparition de noms nouveaux.

L'histoire des patronymes montre qu'il n'y a pas de noms plus ou moins anciens. Tous existent depuis le XIIe ou le XIIIe siècle, à la rare exception des noms portés antérieurement par les familles de la noblesse d'extraction chevaleresque.

Tous les noms sont protégés par la loi. Le Code civil et le législateur cependant laissent prudemment ce domaine à la coutume. Aucune règle de droit, en effet, n'oblige l'enfant à prendre le nom de son père. Pourtant, nos patronymes méritent toujours leur nom.

Jean-Louis Beaucarnot,
in *La Généalogie, histoire et pratique*,
sous la dir. de Joseph Valynseele, Larousse

Le patronyme, signe de filiation

Noms généalogiques et noms de famille.
Les noms personnels sont de plusieurs ordres. Ils forment autour de chaque individu une véritable constellation de termes. En France, par exemple, les documents officiels d'identité indiquent dans la rubrique du nom une dénomination générique que le langage officiel appelle plus précisément patronyme et le langage courant nom de famille. Le nom individuel ne vient qu'après, graphiquement en retrait. Bien que nom de baptême, celui-ci est désigné officiellement et couramment par l'appellation minorative de prénom, de petit nom. Dans le registre familier, il a d'ailleurs la même connotation. [...]

Pourquoi s'est généralisé, dans une partie de la population européenne, le nom de famille? On pourrait alléguer la trop faible capacité discriminante du nom individuel face à la complexité croissante de la société; le stock des noms en usage serait devenu insuffisant par rapport à la quantité d'individus potentiellement en relation; l'identification hors du groupe de familiarité aurait nécessité l'adjonction d'un second nom. Cependant, ce raisonnement, s'il peut expliquer l'utilisation des surnoms, ne dit pas pourquoi ces surnoms se sont transformés en noms de famille. D'ailleurs le processus a d'abord concerné l'aristocratie en France pour

Portrait de famille avec trois générations, photographie datant de 1928.

lesquelles le problème d'une confusion engendrée par le grand nombre ne se posait pas.

La transmission héréditaire des surnoms a dû mettre en cause, à son origine, l'ensemble des structures sociales. Selon certaines hypothèses, elle serait «en relation avec l'importance plus grande accordée à la famille, au lien familial et à la relation de l'homme à la terre, moins chez les intéressés que chez autrui». Le nom de famille identifierait en fait la maison, devenue un élément social majeur. Selon une autre interprétation, on repère dans ces noms héréditaires un outil mnémotechnique apparu à l'époque où s'affaiblissent la force et l'importance des lignages. Le nom constituerait alors un moyen de garder en mémoire une relation commune entre les membres dispersés d'une parentèle. Ces deux schémas sont divergents, sinon totalement contradictoires. Dans le premier c'est en effet l'émergence d'une situation tangible qui est invoquée, dans l'autre c'est le glissement d'une structure dans l'intangible qui suscite l'apparition d'un substitut. De toute manière, considérer le nom de famille comme un phénomène historique dont l'origine est susceptible d'une explication unique serait du même coup admettre son caractère univoque en tant que fait social et couper court à tout effort d'interprétation anthropologique.

La confusion du patronyme et du nom de famille n'est pas, elle non plus, universelle. Le système de nomination russe fait appel à trois éléments : le nom individuel, le patronyme (au sens strict : le nom du père) et le nom de famille : Ivan Ivanovitch Ivanov.

F. Raphael et G. Herberich-Marx,
Comment les souvenirs rentrent dans le rang,
in *La Généalogie entre science et passion*,
ECTHS, mai 1998

L'hérédité du nom

Il est naturel que des personnes fières de leur famille et très attachées à celle-ci aient donné une grande importance à la généalogie et aient cherché non seulement à déterminer exactement leurs ancêtres, mais encore à permettre aux générations suivantes de continuer l'arbre généalogique.

Le procédé le plus rudimentaire est celui qui était suivi dans les Highlands écossais : jusqu'au XVIIIe siècle, les familles les plus connues portaient des noms complexes; elles alignaient les noms individuels du père, du grand-père, de l'arrière-grand-père, etc. Alastair macTearlach macAngus macLandhu, le chef se réservant à lui-même de se servir du seul nom du clan. Lorsque les noms de famille se sont fixés, les autres personnes du clan ont adopté, au gré de leur fantaisie, l'un des noms des ancêtres que portait leur père. Quand ils n'ont pas tous choisi le même, il est né des noms de famille différents dans le même clan.

L'existence de générations successives est révélée aussi par le patronyme. Lorsqu'il dérive d'un nom d'ancêtre qui a été pourvu à chacune d'elles d'un nouvel indice de filiation. Dans l'anthroponymie flamande, le nom n'est souvent que l'énoncé d'une simple filiation : Jans, Hans, «fils de Jean» (comme dans les noms allemands, anglais et scandinaves). […] Parmi les patronymes grecs, ceux qui se terminent par des indices de filiation doubles se réfèrent aussi à trois générations : Gêorg-ak-adês, Gêorg-ar-akos, Gêorg-its-eas, Gêorg-oul-akês. […]

En Chine, la mention de la génération est fréquente. L'idée vient des Mandchous. […] Ayant accepté l'écriture des Chinois, ils supprimèrent les noms très longs qu'ils portaient, en raison de la difficulté qu'ils éprouvaient de les écrire dans le système monosyllabique chinois. Ces noms n'étaient d'ailleurs pas héréditaires et ne s'appliquaient qu'aux membres de la famille qui appartenaient à la même génération. Certains Chinois qui, sous les empereurs mandchous, ont fait partie de l'organisation de l'Etat, ont copié les usages des conquérants et ont abandonné leur nom de famille. D'autres ont continué à porter leur nom de famille chinois, mais y ont ajouté un nom de génération. Ce système est répandu dans toutes les classes cultivées : le premier nom étant dans l'ordre habituel le nom de famille héréditaire, le deuxième est le nom de la génération, qui est suivi du nom individuel de la personne. Dans les familles où cet usage est suivi, il appartient au chef de famille de déterminer, pour chacune des générations qui se succéderont au cours des siècles, la série des appellations qui les distingueront. A cette fin, il forme quatre vers de quatre, cinq ou sept syllabes, qui sont inscrits dans le livre de la famille; chacune de ces syllabes devient successivement, dans l'ordre du poème, le signe de la première, de la deuxième, de la troisième génération et ainsi de suite, jusqu'à la seizième, la vingtième ou, au plus, la vingt-huitième génération. A ce stade, le chef de famille doit former une nouvelle série de noms de générations.

Supposons que les troisième et quatrième générations soient désignées respectivement par les mots Sock et Kim, il apparaîtra que Tan Sock Keng et Tan Sock King appartiennent à la troisième génération, tandis que Tan Kim Hock et Tan Kim Swee font partie de la quatrième.

Eugène Vroonen,
Les Noms de personnes dans le monde, Anthroponymie universelle comparée,
Librairie encyclopédique, Bruxelles, 1957

Le prénom

Les prénoms, sur lesquels s'appuie la mémoire familiale, participent à la fois d'une signification symbolique abstraite, et d'une représentation concrète, celle d'une personnalité singulière de la famille. C'est dans la mémoire familiale que la personnalité de chaque membre acquiert un relief singulier, car on le reconnaît comme un être unique et particulier. L'existence commune, dans la quotidienneté, suscite une image riche et précise de chaque membre de la famille, et favorise le souvenir de ses idiosyncrasies. Quand nous évoquons l'un d'entre eux, nous avons dans l'esprit à la fois l'idée d'un rapport de parenté et l'image d'une personne. C'est précisément le prénom qui exprime le plus significativement un lien familial et une personne dans sa singularité. Il est choisi dans un répertoire codifié par la société, qui maintient le souvenir de certains personnages historiques, de saints tutélaires, et, en même temps, il exprime la place que l'individu occupe dans la constellation familiale. «Je sens qu'il me suffirait de prononcer ce nom en présence de nos autres parents pour que chacun d'eux sache de qui je parle, et s'apprête à me communiquer tout ce qu'il sait à son sujet.» Ainsi, à la fonction s'ajoutent les traits personnels qui caractérisent une individualité, et dont chaque époque met en relief ceux qui lui paraissent les plus significatifs.

Le prénom s'inscrit à la fois dans une trame sociale et dans une trame familiale. Cette dernière, tout en le situant dans une hiérarchie collective, le leste d'une dimension singulière, celle que confère le temps vécu en commun. Le prénom signifie la pérennité du groupe, mais aussi le risque que le souvenir d'un destin individuel, lorsqu'il n'est plus partagé, s'estompe dans l'indifférencié.

F. Raphael et G. Herberich-Marx,
Comment les souvenirs rentrent dans le rang,
in *La Généalogie entre science et passion*,
ECTHS, mai 1998

Faire-part de naissance datant de 1911.

Monsieur et Madame
L. G. Damour
ont l'honneur de vous
faire part de la
naissance de leur
fille Kety Damour
Le 24 Novembre 1911

La famille : un espace de vie

Les maisons familiales, les papiers ou photos de famille, les meubles et objets de famille, les souvenirs des actions des ancêtres, à leur échelle et à celle du milieu social de chaque famille, forment un réseau qui entoure chacun d'entre nous et, selon les cas, étouffe ou protège.

En France, comme dans les autres sociétés agraires de l'Europe du fait de la précoce appropriation individuelle des terres et de la coalescence entre unité de production et unité de résidence, la famille fut, très tôt, définie comme un groupe de gens apparentés et vivant sous un même toit, autour du même foyer. Quelle que soit sa composition, une famille s'inscrit dans un espace, un lieu où se déroule sa vie sociale et domestique et où prend place toute une suite de comportements quasi ritualisés qui dessinent, pour chaque groupe, sa singularité. Jadis non moins qu'à présent, cet espace n'est indifférent : il fournit des indications sur le rang social, le milieu culturel, l'origine régionale du groupe qui y réside, mais de plus il constitue un lieu d'ancrage de la mémoire familiale.

Il est banal, en effet, de dire que la demeure de l'aristocratie ne ressemble en rien à celle du bourgeois qui diffère de celle du paysan. Mais, malgré la diversité de ces types de demeures, ces espaces familiaux, qui n'ont entre eux rien de commun, sont porteurs d'une même valeur spécifique. Ici et là, naguère comme maintenant, ces lieux de vie sont des lieux de mémoire, des espaces d'identité familiale. Les meubles qui y sont disposés, les ornements dont ils sont décorés, les bibelots multiples qui s'y trouvent, tous les objets possèdent une histoire que l'on peut détailler, réciter sans cesse, tel le récit de cette paysanne bourguignonne recueilli vers 1970, mais qui ne serait pas déplacé en d'autres lieux ou en d'autres temps : «La table, elle vient des Grivot de Velbret, elle était chez ma grand-grand-mère qui l'a donnée à ma grand-mère, c'est comme ça que je l'ai eue. Le vaisselier, il vient de chez la tante Vernet, la marraine à maman. La pendule, elle vient de chez la cousine… l'armoire, je l'ai eue pour mon mariage, elle était à maman, mon fils en a pris une autre qui venait de chez une tante. Quand la grand-mère est morte, j'ai eu la petite soupière, mon cousin a eu la grande, les deux chandeliers en cuivre, on en a pris chacun un… le chapelet du grand-père, c'est l'aîné qui l'a eu. Le chapelet de maman que j'avais eu, je l'ai donné au plus jeune de mes neveux quand il a fait sa communion». Comptabilité minutieusement tenue des biens reçus, partagés, transmis. Mémorisation tangible de la généalogie par ces objets, ces meubles, dont on sait l'origine, l'histoire et le devenir.

D'emblée dans ces demeures sont posés le rôle et la place des relations de parenté, d'emblée se lit la pérennité de la famille. Dans ces espaces ordonnés, chargés de (re)présenter les valeurs familiales, tout porte témoignage des différentes étapes de la constitution de la famille au fil des générations et au cours d'une génération.

On sait par ailleurs qu'il est des familles qui peuvent accumuler, partager, répartir, d'autres qui ne le peuvent pas. On sait aussi que la vie moderne impose de plus en plus l'abandon de ces maisons familiales. Les générations ne se succèdent plus au même lieu, les fratries se dispersent et, même à l'intérieur des ménages, les divorces et les remariages impliquent de multiples changements de résidence. Malgré ces aléas, il apparaît que chaque famille possède son lot de souvenirs – objets, papiers «de famille», photographies – qui ancrent sa mémoire. Les photographies surtout sont venues, à mesure que leur emploi s'en généralisait, prendre place à côté des emblèmes familiaux traditionnels, parfois même elles les ont remplacés. Portraits des aïeuls et des enfants, photos des solennités et des festivités qui jalonnent le déroulement de la vie de famille : ces photographies, exposées en évidence sur les murs, discrètement réparties sur les meubles, ou encore arrangées en une sorte d'autel commémoratif, soigneusement «serrées» dans l'«album de famille», ont pour fonction «de thésauriser l'héritage familial», selon Bourdieu. Distribuées, échangées entre les membres de la parentèle, elles participent au maintien des relations de familles. Contemplées, commentées «en famille», elles concourent, au même titre que les papiers de famille ou les objets hérités, à l'insertion des nouveaux venus, au renforcement de la mémoire du groupe. […] Le succès de la photographie, sa popularisation, s'expliquent, entre autres traits, par le fait qu'elle permet de pérenniser le groupe familial et qu'elle est venue s'inscrire dans la solennisation de ces rites de passage qui jalonnent la vie du groupe.

D'autres comportements ont pour cadre cet espace de l'intimité familiale. […] Ce sont ces rites de convivialité – repas pris en commun –, de sociabilité – veillée, prière collective –, ou ces codes de conduite – embrassades ou poignées de main entre parents – qui diffèrent d'une classe sociale à l'autre, d'une région, parfois d'une famille à l'autre. La participation à ces usages quasi ritualisés renforce l'unité du groupe familial. Les pratiquer, c'est en effet instituer une différence entre ceux qui les connaissent et ceux qui les ignorent, entre l'étranger qui n'en use pas et les membres du groupe qui s'y conforment.

Martine Segalen et Françoise Zonabend,
« Familles en France; rituels familiaux : pérennité ou rupture?»
in *Histoire de la famille*, t. II,
1986, Armand Colin.

Jeux de famille

Les particularités de l'histoire généalogique française ont permis le développement d'une généalogie où les notions de loisirs et de plaisir sont actuellement privilégiées. Mais d'autres aspects ne sont pas pour autant négligés, comme par exemple, la mise en évidence d'une «religion» familiale.

Reconstituer la mémoire

Un juriste, connu pour son anticonformisme, sachant que je m'intéressais à l'histoire de la famille, me soumet récemment le cas d'une famille d'origine piémontaise; l'ancêtre s'était établi en France sous le règne d'Henri IV qui l'avait anobli pour le remercier d'avoir combattu à ses côtés. L'un de ses fils cadets devient paysan en Provence et meurt à plus de quatre-vingt-dix ans. «L'arrière-petit-fils de ce dernier, ajoute-t-il, tisserand de son état, prend part aux guerres napoléoniennes; sa petite-fille épouse mon grand-père, tisserand lui-même.» Il s'agissait en effet de sa propre famille, dont ce collègue avait reconstitué la généalogie par des voies classiquement historiennes, l'exploitation de l'état des papiers privés. Mais dans la présentation qu'il en fait, resurgissent les composants idéologiques qu'on trouvait mêlés au travail de la mémoire pendant l'épidémie de préoccupations généalogistes de la France du grand siècle : 1) l'origine lointaine de la famille qui sort de l'obscurité (et ici de la roture) à partir du moment où elle s'enracine (ici, elle devient française) dans la région où elle n'a cessé depuis de se perpétuer. 2) Le choix de la ligne d'ascendance la plus anoblissante qui, dans le cas présent, l'oblige à quitter provisoirement le sillage du patronyme et d'un ordre de filiation avant tout agnatique.

La curiosité généalogiste de ce collègue n'a pas portant rien à voir avec le désir d'anoblissement qui poussait le milieu robin ou marchand au XVIIe siècle à singer la manie nobiliaire de se référer à l'ancienneté de sa famille et d'exhiber son arbre généalogique. Elle n'est pas sans lien, en revanche, avec la reprise actuelle de la fièvre généalogiste qui submerge les services d'archives départementales de demandes de recherches personnelles sur l'état civil.

Cette activité qui n'intéressait, il y a encore une vingtaine d'années (en dehors des professionnels), que des érudits de province et quelques aristocrates nostalgiques est devenue un véritable sport national. La fièvre touche à peu près tous les milieux mais plus particulièrement la population urbaine ou plutôt récemment urbanisée. Le cercle généalogique des P.T.T., étudié par Martine Segalen et Claude Michelat, regroupe un millier de membres; il recrute dans un milieu de fonctionnaires qui ont parfois eux-mêmes quitté la terre pour entrer dans l'administration ou dont les attaches paysannes remontent au plus à trois générations. Besoin de racines d'une société récemment déracinée et déterritorialisée après l'accélération de l'exode rural dans les années soixante? Recherche d'une identité ancestrale qui puisse se substituer aux formes d'identité déclinantes (celles qui s'affirmaient dans le sentiment d'appartenance nationale ou sociale)? Laissons à d'autres plus qualifiés le soin de prolonger ces questions.

Ce qui nous importe présentement dans cette mode généalogiste n'est pas ce qu'elle peut nous apprendre sur les attentes actuelles de la société française, mais ce qu'elle nous révèle sur le prestige et la persistance, dans notre culture, d'un modèle généalogique d'organisation de la mémoire familiale : d'origine aristocratique, ce modèle est devenu un enjeu entre la noblesse ancienne et les nouvelles élites désireuses de s'agréger à elle; il a ensuite si bien survécu à la concurrence des deux noblesses et à la disparition de l'Ancien Régime qu'il passe aujourd'hui aux yeux de notre société démocratique pour la forme d'expression la plus gratifiante et la plus normale de la mémoire familiale.
Que la famille soit un conservatoire de mémoire est une constatation banale qui ne saurait en rien désigner la particularité de notre époque ou de notre pays. Plus singulière, en revanche, est la vigueur avec laquelle s'impose à nouveau un modèle de reconstitution du passé familial qui avait pris forme trois siècles plus tôt dans une société de rang et dans un climat de compétition entre plusieurs élites aujourd'hui révolus. La persistance, ou plutôt la résurgence, d'un tel modèle dans notre société démocratique qui ne lui propose plus le même type d'enjeu, prouve qu'il s'agit désormais d'un trait distinctif de notre culture nationale et non plus seulement d'un vestige d'une culture de la distinction… ou peut-être les deux à la fois. Ce qui, du raisonnement généalogiste, s'est installé durablement dans la culture française jusqu'à devenir une manie nationale, dépasse la pareille «scientifique» en lui-même, avec ses techniques d'exploration des documents et de

mise en forme de la mémoire : comme savoir auxiliaire de l'histoire ou du notariat, la généalogie fait partie du patrimoine scientifique de la civilisation européenne. C'est par ces pratiques, ces usages les moins légitimes, plutôt les plus engagés dans la compétition sociale, que le goût de la recherche généalogique est devenu un trait durable, un marqueur de la culture nationale.

La photographie

La photographie elle-même n'a-t-elle pas pris la place de la mémoire? En réalité, les photos de groupe tirées au moment des noces comme l'habitude s'en est prise surtout en milieu paysan, au lendemain de la Première Guerre mondiale, se présentent souvent, par la façon dont les invités se placent de part et d'autre des mariés, en respectant la hiérarchie des générations et des degrés de parenté, comme de véritables arbres généalogiques vivants.

Étudiant les pratiques familiales de la bourgeoisie parisienne, Béatrix Le Wita a pu observer dans certains appartements des « coins photos » où les portraits des ascendants, à la manière des imagines des familles patriciennes de la Rome antique, s'alignent selon une hiérarchie qui retrouve naturellement l'ordre généalogique. Or, c'est dans ce milieu social que se maintient la mémoire familiale la plus profonde. Sur un groupe de personnes âgées de milieu populaire du XIIIe arrondissement qu'elle a interviewées, la moitié la plus «performante» cite entre vingt-six et cent parents. Alors que dans la grande bourgeoisie parisienne, la moitié la plus oublieuse des personnes interrogées nomme entre cinquante et cent parents, et l'autre moitié de cent cinquante à trois cents. Chez les fonctionnaires des P.T.T., la passion généalogique que certains sont arrivés à faire partager à leur conjoint semble être l'effet retardé d'un

déracinement hors du milieu rural ou simplement provincial dans lequel ils avaient été élevés. Il est caractéristique que le goût aussi bien que les connaissances généalogiques accumulées ne correspondent jamais pour eux à une mémoire ou à une culture transmise. C'est au contraire pour briser le mutisme de leurs parents à l'égard du passé familial, ou leur indifférence, qu'ils ont décidé d'entreprendre leurs recherches. Plus que jamais, c'est l'imaginaire d'une conscience narcissique, en quête d'identité compensatrice, qui stimule et même engendre cette forme de la mémoire retrouvée. Inégalement selon le milieu social, s'est donc maintenue, par la force d'un modèle culturel qui lui conférait à la fois lettres de noblesse et universalité, une aptitude à imaginer le passé familial en termes généalogiques qui ne demandait qu'à renaître. Pour expliquer cette renaissance, peut-être faut-il attribuer au souci actuel des origines familiales l'interprétation que Jean-Paul Thomas propose pour la prolifération de théories de la famille au XIXe siècle : le besoin d'une nouvelle religion au sens étymologique du terme, d'un lien sacré incarné par la continuité familiale qui viendrait prendre, dans notre monde désenchanté, la place laissée par le déclin des religions théologiques.

André Burguière,
La Généalogie,
in *Les Lieux de Mémoire*,
sous la direction de Pierre Nora,
Gallimard, 1997

Petit manuel du parfait généalogiste

La plus attentive des recherches, celle qui paraîtrait donner les meilleurs résultats, ne serait rien sans une présentation qui rende la généalogie intelligible à n'importe quel observateur. Le généalogiste perdrait lui-même rapidement le fil de son travail s'il ne l'organisait de façon cohérente; méthode et présentation fonctionnent dans le même sens, puisque la manière dont on expose une généalogie donne son ossature à la méthode de recherche. De la fouille dans les papiers de famille aux recherches dans les archives, en France et à l'étranger, les différentes façons d'établir son arbre : généalogie, mode d'emploi.

Le terrain ardu de la famille

Les débuts sont souvent désordonnés, de petites recherches sont lancées dans toutes les directions, les documents s'accumulent sans qu'on sache bien quoi en faire. En effet, les recherches généalogiques sont toujours longues; les ramifications d'une famille s'étendent dans le temps, dans l'espace, comme sur le document qui les présente, à des distances qu'on ne saurait soupçonner en commençant son travail. Il convient donc, le plus tôt possible, de se fixer les limites que l'on désire atteindre, de définir clairement d'une part ce qu'on souhaite obtenir et d'autre part sur quelle période s'étendra la recherche. Et dans un premier temps, il convient de ne pas se montrer trop ambitieux : il est toujours possible de repartir sur les bases du solide canevas qu'on aura mis à jour au début de son travail, alors que des recherches envisagées dès l'origine sur des bases trop larges, risquent par leur complexité de décourager.

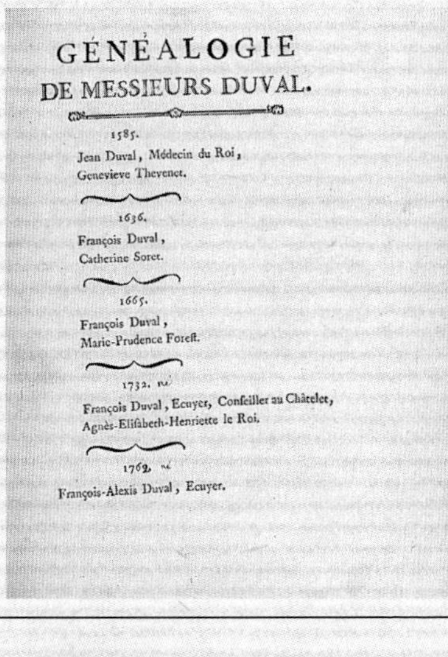

GÉNÉALOGIE
DE MESSIEURS DUVAL.

1585.
Jean Duval, Médecin du Roi,
Genevieve Thevenet.

1636.
François Duval,
Catherine Soret.

1665.
François Duval,
Marie-Prudence Foreſt.

1732.
François Duval, Ecuyer, Conſeiller au Châtelet,
Agnès-Eliſabeth-Henriette le Roi.

1762.
François-Alexis Duval, Ecuyer.

Généalogie de la famille Duval.

On peut, selon ses désirs, décider de rechercher ses ascendants dans une lignée, le plus souvent la lignée paternelle, qui, dans la plupart des civilisations est la plus chargée de symbolisme, et de tenter d'atteindre le point le plus éloigné possible, ou bien de rechercher son ascendance sur un nombre plus limité de générations, mais dans toutes les lignes paternelles et maternelles, selon leur progression géométrique qui fait doubler le nombre de géniteurs à chaque génération. Cette option s'appelle «faire ses quartiers», à l'imitation des tableaux que l'on présentait sous l'Ancien Régime. De toute façon, que l'on choisisse l'une ou l'autre formule, il faut toujours commencer par le bas et remonter de génération en génération, aller du connu vers l'inconnu.

Le premier travail est donc un travail de classement, d'archivage, presque de standardisation, de ce que l'on connaît déjà : ses propres souvenirs, ceux de ses ascendants, de sa parenté plus éloignée. La mémoire des vivants – que P. Durye dit «doués d'une modeste mémoire ou peu observateurs, abominablement bavards ou sournoisement réticents» – n'est pas infaillible et elle passe par le filtre de la personnalité de chacun; il faut en particulier se méfier des légendes qui entourent ce que croient savoir les témoins des origines de la famille, spécialement si celles-ci sont dites lointaines. C'est pourquoi, il convient de vérifier soigneusement, et le plus tôt possible, toute information ainsi obtenue, qui devient alors une piste précieuse. Une fouille minutieuse des documents conservés par les familles est indispensable au début de toute recherche, en particulier les livrets de famille : ce sont là des documents officiels, qui permettent d'éviter le recours à l'état civil pour les premiers degrés. Enfin, il n'est pas inutile de se renseigner afin de savoir si les recherches que l'on s'apprête à tenter n'ont pas été au moins amorcées par d'autres; pour cela, on peut consulter les répertoires bibliographiques d'Etienne Arnaud et de

JEAN-BAPTISTE DUVAL, Médecin, 14 Mai 1657 ont été mariés,
MARIE BLOUIN, ont eu 14 Enfans.

1	Marie-Jeanne Duval,	6 Avril	1658.
2	Louis Duval,	2 Octobre	1659.
3	Jeanne-Catherine Duval,	16 Avril	1660.
4	Marguerite Duval,	27 Novembre	1662.
5	Nicolas Duval,	2 Janvier	1665.
6	Anne Duval,	22 Mai	1666.
7	Marguerite Duval,	13 Septembre	1667.
8	Françoise Duval,	11 Juillet	1669.
9	Madeleine Duval,	9 Mars	1671.
10	Jean-Louis Duval,	7 Octobre	1672.
11	Antoine Duval,	22 Juillet	1674.
12	Claude-Julles Duval,	9 Avril	1676.
13	Thomas Duval,	9 Février	1678.
14	Marie-Therese Duval,	6 Juin	1681.

14 Enfans de ce Mariage,
6 garçons,
8 filles.

M. Jean-Baptiste Duval, Médecin, est décédé le 20 Juin 1691.
Et Marie Blouin est décédée le 4 Mars 1709, 70 ans.

JEAN DUVAL, Médecin. Contrat de Mariage,
GENEVIEVE THEVENET, 4 Juillet 1632
ont eu 5 enfans. 2 Octobre 1632.

1	Hyppolite Duval,	3 Février	1634.
2	François Duval,	18 Mai	1636.
3	Simon Duval,	14 Janvier	1638.
4	André Duval,	4 Janvier	1639.
5	Simon Duval 2d,	17 Juin	1640.

5 Enfans de ce Mariage tous garçons.

M. Jean Duval, Médecin, est décédé 21 Août 1653.
Madame Genevieve Thevenet, son épouse, décédée

Gaston et Geneviève Saffroy ou s'adresser à l'association généalogique du département ou de la région dont on est originaire. C'est d'ailleurs une démarche qu'on peut effectuer plusieurs fois, à chaque bifurcation significative de son travail.

Une fois accomplies ces recherches qu'on pourrait dire domestiques, si on veut continuer, il faut sortir de ses archives personnelles pour aborder les dépôts publics, les archives, les bibliothèques, nationales ou départementales, les mairies, les études notariales…

Les registres d'état civil

Dans un premier temps, la consultation de l'état civil pour les personnes dont on connaît déjà l'existence permet de s'accoutumer à ce type de documents : sa forme particulière, les mentions éventuellement portées en marge, le tri nécessaire entre les formules administratives (parfois préimprimées) et les points pertinents, l'usage des tables, parfois traîtresses, annuelles et décennales. Ces documents sont rédigés en double exemplaire dans les mairies des communes où ont eu lieu les événements, naissances, mariages ou décès, qu'elles consignent, en dehors de toute considération de lieu de résidence. La série que ne conservent pas les mairies est transmise au greffe du tribunal de grande instance, puis, au bout de cent ans, ce dernier la reverse aux archives départementales.

C'est là, en fait, que s'effectuent, en France, la majeure partie des recherches généalogiques, car les archives ont pour mission de rassembler tous les documents qui, de près ou de loin, constituent la mémoire de la nation. Elles ont pour charge de conserver, de trier, de classer, d'inventorier et de communiquer au public ces documents qui représentent une part essentielle du patrimoine historique national. Selon la loi du 3 janvier 1979, «les archives sont l'ensemble des documents, quels que soient leur date, leur forme ou leur

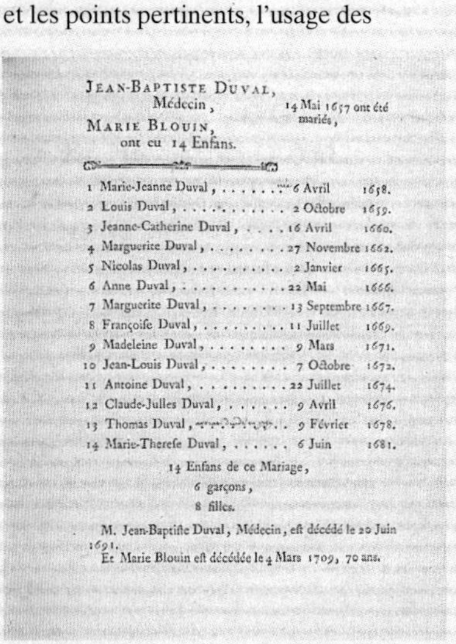
JEAN-BAPTISTE DUVAL, Médecin, — 14 Mai 1657 ont été mariés,
MARIE BLOUIN, ont eu 14 Enfans.

1 Marie-Jeanne Duval, ...	6 Avril	1658.
2 Louis Duval, ...	2 Octobre	1659.
3 Jeanne-Catherine Duval, ...	16 Avril	1660.
4 Marguerite Duval, ...	27 Novembre	1662.
5 Nicolas Duval, ...	2 Janvier	1665.
6 Anne Duval, ...	22 Mai	1666.
7 Marguerite Duval, ...	13 Septembre	1667.
8 Françoiſe Duval, ...	11 Juillet	1669.
9 Madeleine Duval, ...	9 Mars	1671.
10 Jean-Louis Duval, ...	7 Octobre	1672.
11 Antoine Duval, ...	22 Juillet	1674.
12 Claude-Julles Duval, ...	9 Avril	1676.
13 Thomas Duval, ...	9 Février	1678.
14 Marie-Thereſe Duval, ...	6 Juin	1681.

14 Enfans de ce Mariage,
6 garçons,
8 filles.

M. Jean-Baptiſte Duval, Médecin, eſt décédé le 20 Juin 1691.
Et Marie Blouin eſt décédée le 4 Mars 1709, 70 ans.

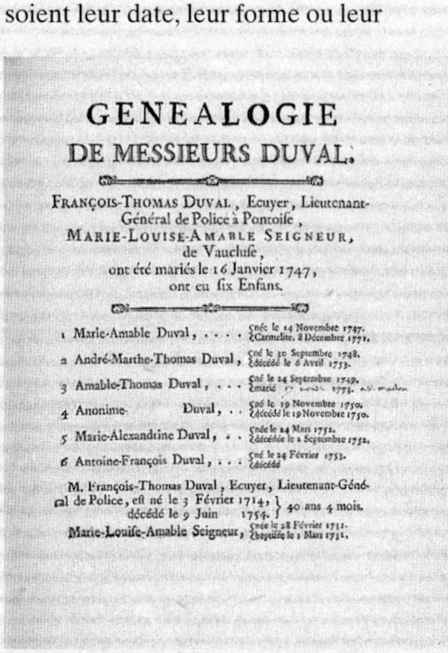
GENEALOGIE
DE MESSIEURS DUVAL.

FRANÇOIS-THOMAS DUVAL, Ecuyer, Lieutenant-Général de Police à Pontoiſe,
MARIE-LOUISE-AMABLE SEIGNEUR, de Vaucluſe,
ont été mariés le 16 Janvier 1747,
ont eu ſix Enfans.

1 Marie-Amable Duval, ...	née le 14 Novembre 1747. Carmelite, 8 Décembre 1771.
2 André-Marthe-Thomas Duval,	né le 30 Septembre 1748. décédé le 6 Avril 1753.
3 Amable-Thomas Duval, . . .	né le 24 Septembre 1749. marié
4 Anonime Duval, . .	né le 19 Novembre 1750. décédé le 19 Novembre 1750.
5 Marie-Alexandrine Duval, . .	née le 24 Mars 1752. décédée le 2 Septembre 1752.
6 Antoine-François Duval, . . .	né le 24 Février 1753. décédé

M. François-Thomas Duval, Ecuyer, Lieutenant-Général de Police, eſt né le 3 Février 1714, décédé le 9 Juin 1754. } 40 ans 4 mois.
Marie-Louiſe-Amable Seigneur, née le 28 Février 1731. baptiſée le 1 Mars 1731.

support matériel, produits ou reçus par toute personne physique ou morale, et par tout service public ou privé, dans l'exercice de leur activité».

Le fonds le plus utilisé est évidemment celui de l'état civil, celui qui nous semble le plus «familial», car, sauf dans les cas particuliers, les filiations y sont précisées. Très consultés et par des mains pas toujours soigneuses, certains de ces registres sont déjà en mauvais état. De plus en plus souvent, on ne peut plus les consulter que sous forme de microfilms, les originaux n'étant plus communiqués que pour de très exceptionnelles vérifications; cette solution peut en rendre la consultation difficile, et même pénible si la séance de recherche est longue, mais elle est actuellement la seule qui assure un espoir de survie à ces documents. Les microfilms ont pourtant un avantage pour les généalogistes, ils peuvent se reproduire facilement, en totalité sur films, ou page par page, sur papier. Le chercheur peut ainsi obtenir à peu de frais la copie des actes qui l'intéressent. Les microfilms peuvent aussi être envoyés en communication dans un autre dépôt d'archives, ce qui permet d'éviter d'entreprendre un long voyage pour un acte isolé.

Si l'état civil est l'élément qui sert de référence aux chercheurs, il ne constitue qu'une partie des documents consultables aux archives à des fins généalogiques; tous les actes importants de la vie civile laissent une trace écrite qui, à un moment ou un autre, finit par arriver dans les dépôts d'archives. Les recensements de la population, les listes de recrutement militaire, les listes électorales, les répertoires de fonctionnaires, les différents registres d'impôts (enregistrements, assiettes, hypothèques) sont autant de documents qui serrent de près, à bien des points de vue, la vie des habitants d'un pays. Il faut y ajouter des documents à caractère public, mais qui restent privés, les actes notariés.

<u>Les actes notariés</u>

Les archives notariales ne sont pas toujours aisées à consulter, en premier lieu parce qu'il convient avant tout de retrouver l'étude où ont été reçus les actes familiaux. On peut citer l'exemple d'un contrat de mariage de conjoints nés, l'un en Seine-Maritime, l'autre dans la Loire et mariés dans l'Allier, qui été passé dans la Creuse, tout simplement parce que le notaire qui a reçu l'acte était le parrain de l'épouse. Pour le règlement des successions, qui sont les actes notariés qui apportent le plus d'informations aux généalogistes, les familles utilisaient généralement les services du notaire le plus proche de leur lieu de résidence, mais, pour des raisons où l'amitié n'était pas seule en cause, mais aussi l'intérêt ou l'une de ces solides rancunes paysannes qui ont fait la joie des romanciers populistes ou encore le snobisme, l'étude du notaire choisi pouvait se trouver assez éloignée du lieu de résidence de ses clients. La découverte de l'étude concernée peut se révéler longue et hasardeuse lorsqu'on ne dispose pas de piste préalable; heureusement, la lecture attentive des actes d'état civil, la consultation des tables et des actes de l'enregistrement ou des hypothèques permettent souvent de trouver le nom d'un notaire. Dès lors, les actes se citant souvent mutuellement, il devient beaucoup plus aisé de passer de l'un à l'autre, en suivant le fil. On consultera en particulier les inventaires après décès, qui fournissent une description souvent minutieuse des objets possédés par le défunt : mobilier, vêtements et linge, vaisselle, tableaux, livres, etc., qui font connaître le «cadre de vie» du défunt. Mais il faut se garder d'oublier les autres actes concernant la famille dont on fait la généalogie : contrats de mariage, baux ruraux, partages et règlements de succession, ventes et achats immobiliers. Dans un premier temps, ils peuvent sembler annexes, mais ils sont importants pour donner vie à la liste qui s'allonge des ancêtres découverts.

Les dépôts d'archives

Lorsque l'état civil est défaillant et que les recherches notariales ne donnent rien, il est encore possible de se rabattre sur toutes sortes de documents conservés dans les dépôts d'archives : les recensements de la population, par exemple, qui tous les cinq ans, donnent le nom de tous les résidents d'une commune, à l'adresse qu'ils occupent; la rédaction en est plus ou moins précise selon les lieux et les époques, mais on y trouve les parents accompagnés de leurs enfants, avec parfois aussi leurs propres parents et beaux-parents, ou d'autres membres de leur famille. Les listes nominatives ont l'avantage de préciser la situation des femmes, qui n'apparaissent pas dans les listes de recrutement militaire; ces dernières sont précieuses pour obtenir des précisions sur l'aspect physique de ses ancêtres, car la couleur des yeux et des cheveux, la taille, le poids et d'autres particularités physiques y sont mentionnés. On peut aussi suivre le destin militaire de chacun, ses citations ou décorations éventuelles, mais aussi ses désertions ou dégradations… Les listes électorales (avant 1945) ne recensent elles aussi que les hommes, de l'âge légal de la majorité jusqu'à leur mort, depuis 1870 puisque auparavant certaines conditions venaient en restreindre l'accès. Elles peuvent se révéler utiles pour retrouver la date de naissance d'un homme dont on connaît par ailleurs l'existence ou pour découvrir des adresses.

Les documents décrits ici sont ceux qui se révèlent les plus utiles puisque toute la population du pays, sauf exceptions parfois notables, a de bonnes chances d'y être recensée. Mais d'autres listes permettent de suivre sa famille ou certains de ses membres dans certaines situations particulières. Les personnes ayant appartenu à la fonction publique, les instituteurs par exemple, ou les fonctionnaires des impôts, possèdent des dossiers dont certains sont déposés aux archives des départements et d'autres dans les archives des ministères ou aux Archives nationales. Les militaires sont également relativement faciles à suivre dans les archives de l'armée, à Vincennes, grâce auxquelles il est possible, le cas échéant, de franchir le cap toujours difficile de la Révolution. Passer cette période revient en effet à changer complètement de documents – même si l'état civil a été simplement copié sur les registres paroissiaux – et il faut s'accoutumer à des structures administratives et territoriales très différentes de celles qu'on connaît depuis l'enfance; le langage, les mesures, le droit, la désignation et les attributions des fonctionnaires, peuvent dérouter et même rebuter. Pourtant un peu de persévérance, parfois un peu de chance, suffisent généralement pour continuer. La plus grande stabilité sociale et géographique des gens rend même les choses plus aisées, les déplacements se faisant par glissements, au gré des mariages exogames, plutôt que par bonds à la recherche d'emplois comme cela se pratique aujourd'hui. Il est possible de remonter sans difficultés

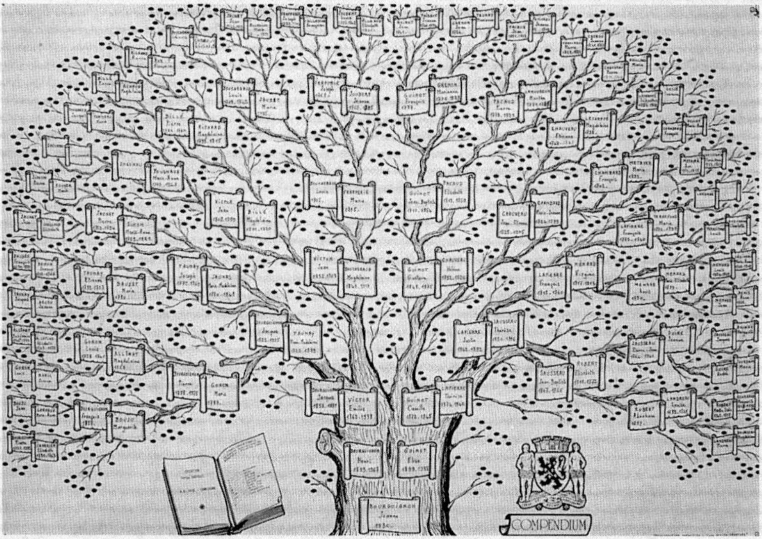

Une représentation classique d'un arbre généalogique.

beaucoup plus grandes qu'après 1792, jusqu'au moment, variable, de l'apparition des registres paroissiaux, généralement au début du XVIIe siècle.

C'est avant cette date que commencent les véritables difficultés, lorsque l'on désire poursuivre. Les archives concernant la totalité de la population s'arrêtent là et seuls existent désormais des documents plus dispersés et dus, non plus à une décision publique, mais à la volonté de chacun. L'ensemble le plus cohérent reste malgré tout les testaments, mais ils sont très irrégulièrement conservés, surtout ceux où l'Eglise n'était pas impliquée directement. Les donations pieuses étaient en effet souvent copiées et recopiées au gré des besoins. Les comptes d'entreprises, les baux et les contrats de toutes sortes, les documents juridiques et judiciaires, peuvent servir à la poursuite de la généalogie. Mais il faut bien reconnaître que les recherches, à moins de beaucoup de chance, ne seront guère couronnées de succès que pour les familles notables, la bourgeoisie aisée et la noblesse, qui possèdent des biens en nombre suffisant pour que les inévitables mutations qu'ils subissent aient pu laisser des traces dans les archives. Ce ne sont plus alors les personnes qui servent de fil conducteur, mais leurs possessions.

Méthodes de généalogie

Différentes présentations d'un arbre généalogique.
La plus attentive des recherches, celle qui paraîtrait donner les meilleurs résultats, ne serait rien sans une méthode rigoureuse et une présentation qui rende la généalogie intelligible sans difficultés à n'importe quel observateur.

Le généalogiste lui-même perdrait rapidement le fil de son travail s'il ne l'organisait de façon cohérente; méthode et présentation fonctionnent dans le même sens, puisque la manière dont on expose une généalogie donne son ossature à la méthode de recherche. La façon de présenter les généalogies qui nous semble aujourd'hui la plus claire est une représentation plus ou moins stylisée d'un arbre : depuis le tronc se détachent les branches qui vont en s'élargissant à mesure qu'on se rapproche de la cime. Cet aspect donne une bonne idée du schéma familial, et semble pouvoir s'appliquer aussi bien dans le sens ascendant que descendant. Dans le premier cas, on trouve au-dessus de soi ses ancêtres dont le nombre double à chaque génération, selon une progression géométrique; dans le second cas, plus logique, on part de l'ancêtre le plus éloigné et on dispose au-dessus de lui ses enfants, puis ses petits-enfants, ses arrière-petits-enfants, en consacrant un même niveau à chaque génération. Pour la table de parenté, en revanche, qui combine les généalogies ascendantes et descendantes afin de retrouver ses cousins vivants, le motif de l'arbre ne convient plus et il faut recourir à des présentations plus schématiques, mais aussi plus complexes.

Quel que soit le tableau qu'on réalise, qu'on choisisse une présentation verticale, horizontale ou circulaire ou encore en éventail, il semble préférable d'élaborer plusieurs petits tableaux se renvoyant les uns aux autres, plutôt qu'un seul grand tableau synoptique dont les dimensions parfois démesurées rendent la réalisation comme la consultation malaisée. Il vaut mieux réserver la confection de ce dernier pour la fin, lorsque toutes les recherches ont été effectuées; on peut alors donner un aspect plus artistique à la présentation de sa famille, et même s'adresser, si on en a les moyens, à un peintre spécialisé dans ce type de décor. Dans le cours des recherches, une présentation sobre est plus recommandable; elle doit s'accompagner d'une méthode à laquelle on se tienne du début à la fin. Changer de méthode en cours de recherche revient souvent à ruiner les efforts réalisés jusque-là : la seule solution constructive serait de reprendre entièrement toutes les informations déjà collectées et de les présenter selon la nouvelle méthode, ce qu'on ne fait presque jamais. On se contente généralement de faire des renvois hasardeux, en espérant s'y retrouver… et devant la complexité grandissante de l'ensemble, on finit par abandonner. Une méthode peut sembler austère dans un premier temps, mais l'effort originel auquel on s'astreint finit par porter ses fruits lorsque la généalogie s'étend. Il ne faut pas pour autant la choisir trop rigide, car elle finirait par ennuyer et conduirait à l'abandon des recherches. Il vaut mieux tâtonner un peu au début et s'adapter progressivement à une règle de conduite claire, simple et qui convienne à son caractère, plutôt qu'adopter une méthode plus ambitieuse, préconisée par tel manuel ou telle association, qu'on ne suivra jamais vraiment parce qu'on la comprendra mal. Le symbole de l'arbre, dont sont tirées de nombreuses expressions généalogiques imagées, branche, rameau, tronc commun ou encore tige, qui représente bien aussi l'élan ascendant, optimiste, de la famille, est aujourd'hui, sinon contesté, tout au moins regardé avec suspicion. Bien des théoriciens à la mode le disent inadapté et mal commode et préfèrent parler de tableaux, de tables, de méthodes, en tentant d'imposer la présentation dont ils s'estiment les inventeurs. En fait, l'image de l'arbre conserve tout son pouvoir symbolique et évocateur et c'est le passé traditionnel que représente cette image née de l'arbre de Jessé, support habituel des généalogies de la noblesse, qu'on rejette ainsi.

Actuellement, on supprime les branches de l'arbre et on les remplace par de simples traits ou des accolades, plus faciles à dessiner lorsqu'on ne dispose pas d'un tableau préimprimé. On obtient ainsi des tableaux moins naturalistes, mais très clairs. Avec ou sans la représentation de l'arbre, ces tableaux ont toutefois le désavantage d'être difficiles à présenter sur une feuille de papier disposée normalement en hauteur; certains ouvrages de généalogie qui ont adopté cette présentation sont d'ailleurs présentés dans un format italien, à l'horizontale. C'est pourquoi, beaucoup de généalogistes préfèrent présenter leurs travaux selon la méthode verticale utilisée pour la première fois en 1683 par Ménestrier et Le Laboureur pour leurs *Tableaux généalogiques ou les 16 quartiers de nos rois*…

Les générations sont figurées par des colonnes, où apparaissent les noms des ancêtres du personnage placé dans la première colonne, à gauche *(Tableau des ascendants de Louis XIV, page suivante)*.

Cette méthode de présentation de la généalogie d'ascendance est la plus couramment utilisée de nos jours, tant en France qu'à l'étranger. Elle permet de placer plus aisément les noms et à chaque génération, de faire figurer un nombre plus important de renseignements pour chaque personnage, dates, titres, etc. En contrepartie, elle s'éloigne du symbole de l'arbre, qu'il vaut mieux même ne pas évoquer lorsqu'on utilise ce schéma, sa forme évoquant assez fâcheusement celle d'un arbre abattu, ce qui n'est pas l'effet recherché…

1re GÉNÉRATION	2e GÉNÉRATION	3e GÉNÉRATION	4e GÉNÉRATION
1. Louis XIV, roi de France et de Navarre (1638-1715)	2. Louis XIII, roi de France et de Navarre (1601-1643)	4. Henri IV, roi de France et de Navarre (1553-1610)	8. Antoine de Bourbon, duc de Vendôme, roi de Navarre (1518-1562) 9. Jeanne III d'Albret, reine de Navarre (1528-1572)
		5. Marie de Médicis (1573-1642)	10. François Ier de Médicis, grand-duc de Toscane (1541-1587) 11. Jeanne de Habsbourg-Bohême et Hongrie (1547-1578)
	3. Anne d'Autriche, infante d'Espagne (1601-1666)	6. Philippe III, roi d'Espagne et du Portugal (1578-1621)	12. Philippe II d'Autriche, roi d'Espagne et du Portugal (1527-1598) 13. Anne de Habsbourg-Bohême et Hongrie (1549-1580)
		7. Marguerite, archiduchesse d'Autriche (1584-1611)	14. Charles de Habsbourg, duc de Styrie (1540-1590) 15. Marie de Bavière (1551-1608)

D'autres méthodes de présentation ont été élaborées, mais sont d'usage moins courant. La présentation en tableau horizontal permet également une lecture facile, mais prend beaucoup de place *(Tableau de la Maison de Savoie*, à droite*)*. La disposition en éventail a l'avantage d'en prendre moins, tout en conservant, plus ou moins, la structure du tableau horizontal, et d'être compatible avec le dessin de l'arbre. En revanche, la présentation en cercle, avec au centre le personnage objet du tableau, puis sur des cercles concentriques la famille paternelle en haut et la famille maternelle en bas, rend la généalogie incompréhensible (*Tableau des premiers seigneurs de Bourbo*n, en haut, à droite).

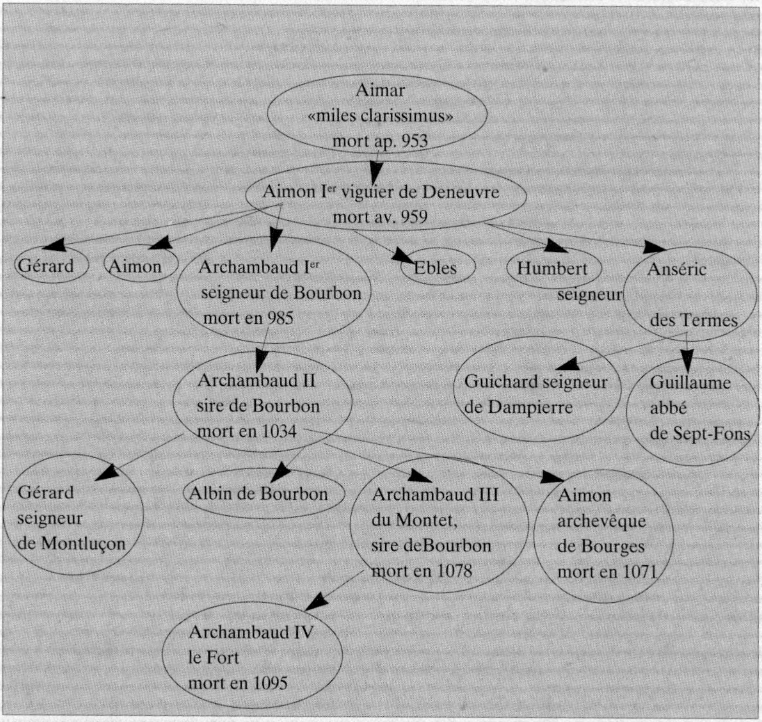

La meilleure présentation : celle de la généalogie ascendante de Louis XIV suivant la méthode Eyzinger-Stradonitz (à gauche). Ci-dessous, le tableau horizontal de la Maison de Savoie. Ci-dessus, la représentation en cercle, très difficile à lire, des premiers seigneurs de Bourbon.

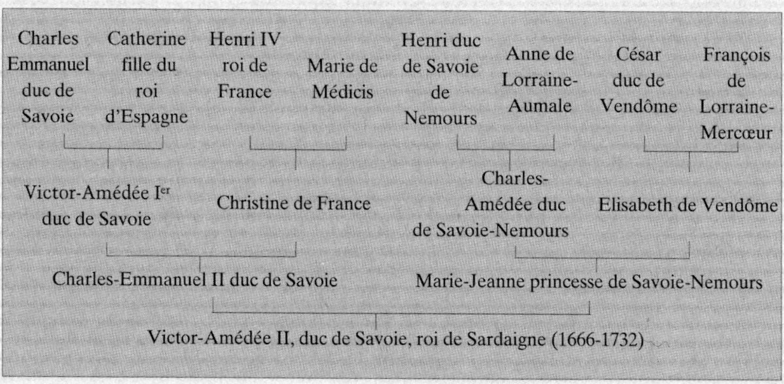

La fiche

Le ou les tableaux serviront de fil conducteur, de trame, à la recherche. D'un seul coup d'œil, on y situe les personnages, mais il n'est possible d'y faire figurer qu'un petit nombre d'informations. Il faut alors se référer à l'un des outils les plus précieux du généalogiste, la fiche. On en trouve aujourd'hui de nombreux modèles imprimés, parfois pratiques, mais on peut aussi les réaliser soi-même. Il est possible de les multiplier à l'infini, de faire une fiche par document consulté, par dépôt d'archives exploré, d'ouvrir rubriques et fichiers en grand nombre, mais c'est généralement une complication inutile. La seule fiche individuelle doit pouvoir être suffisante; il est nécessaire qu'elle puisse contenir la plupart des informations sur un personnage donné, tout particulièrement celles qui permettent de le situer par rapport aux autres personnages de la généalogie, d'une part ses parents, d'autre part son ou ses conjoints et ses enfants. Plus on apporte de soin à la rédaction des fiches, plus elles sont utiles. Il convient de ne pas oublier certains éléments, tels que les lieux de célébration des actes, presque plus importants que les dates, puisque ce sont ceux qui permettent de situer le document source, ou les références précises des documents utilisés, afin de pouvoir les consulter de nouveau sans refaire le labyrinthique parcours d'exploration des fichiers d'archives. Les fiches peuvent être souvent relayées et argumentées avec profit par des dossiers. Ils servent à ranger les copies des actes, les photos, les certificats ou diplômes, en fait tous les documents qu'on a pu glaner ici et là sur tel ou tel, et que la fiche ne peut contenir. Il n'est pas indispensable d'ouvrir un dossier pour tous ses ancêtres, car beaucoup resteraient tristement vides; mais il faut le faire dès qu'on possède sur l'un d'entre eux plus d'un ou deux documents qu'on risquerait sinon de perdre. Fiche et dossier sont étroitement dépendants l'un de l'autre et il faut prévoir un système permettant de passer de l'un à l'autre sans difficulté. Enfin, il est bon de donner à ses fiches et à ses dossiers un numéro de référence, qui figure également sur le tableau, afin de retrouver sans trop de peine les différents outils séparés de son travail.

Les problèmes que pose la numérotation des ancêtres en généalogie ont fait couler des flots d'encre . Dans le cas de la généalogie d'ascendance, dont la progression est strictement arithmétique, la numérotation d'Eyzinger-Stradonitz, simple et rationnelle, a fait les preuves de son efficacité; on ne peut qu'en recommander l'usage. Mais elle ne saurait s'appliquer aux généalogies descendantes : chaque descendance est aléatoire et peut se développer dans plusieurs directions. Plusieurs auteurs ont tenté d'élaborer des systèmes de numérotation qui permettent de placer l'ancêtre ainsi contingenté au sein de son lignage, de le repérer rapidement sur un tableau généalogique. La numérotation d'Aboville est actuellement celle qui a le plus de faveur. Ces systèmes de numérotation de descendance ont leurs limites : au-delà de huit ou dix générations, les numéros attribués à chacun deviennent absurdement longs et finissent par occuper plus de place que les renseignements qu'ils accompagnent. Le problème vient sans doute de ce qu'on veut faire tenir trop d'informations dans les chiffres; il faut probablement se faire une raison, la généalogie n'est pas un objet mathématique.

Recherches à l'étranger

Au fil du temps, les familles ont bougé, émigré ou immigré. Voici quelques conseils pour poursuivre une généalogie hors des frontières de l'hexagone.

L'engouement relativement récent que connaissent les Français pour la généalogie est une situation spécifiquement française, tout particulièrement en ce qui concerne la généalogie populaire. Cette situation tient en grande partie au fait qu'en France, jusqu'au milieu du XXe siècle, le terrain généalogique était réduit au mieux à une friche, au pire à une terre brûlée. Partout ailleurs, il s'agirait plutôt de jardins plus ou moins bien entretenus et cultivés selon les cas, mais où les jardiniers tiennent encore à leurs légumes. Les généalogistes amateurs potentiels y sont donc encore retenus par un sentiment de gêner les premiers occupants. En Belgique, par exemple, où les Français estiment souvent naïvement que les choses se passent comme chez eux, la généalogie reste étroitement liée aux Archives générales du Royaume ainsi qu'à certains services en liaison avec la Cour. La généalogie populaire n'émerge que lentement, malgré un état civil très semblable à l'état civil français; une certaine pesanteur administrative dans la communication des archives et la réticence à aider les chercheurs sont sans doute à l'origine de cet état de choses. De même, en Italie, la généalogie est restée, bien souvent, l'aimable divertissement aristocratique qu'elle était au début du XXe siècle. Ce pays possède pourtant des documents, tels que l'anagraphe (*anagrafo*) ou l'état des âmes (*stato delle anime*), qui sont de très précieux instruments de recherches; l'état civil n'y est pourtant pas toujours très maniable, surtout pour les grandes villes comme Milan, Turin ou Rome, en raison du fait que le mariage civil n'est pas obligatoire et que l'acte de mariage religieux reste suffisant.

La position de la généalogie dans la plupart des pays occidentaux est restée à peu près la même que celle qu'elle occupait au début du XXe siècle : nobiliaire en Italie, en Espagne, en Grèce, universitaire en Allemagne, en Hongrie, en Autriche, bourgeoise en Suisse, en Suède, au Québec, institutionnelle en Angleterre, en Belgique. Il s'agit là bien sûr de tendances générales; dans la plupart des pays, la situation évolue, parfois dans plusieurs directions à la fois, et surtout, on constate partout une augmentation globale du nombre des généalogistes. Depuis quelques années, certains pays ont réformé leur état civil dans le sens d'une plus grande facilité d'utilisation, en particulier en ce qui concerne la descendance de leurs ressortissants. C'est la Suisse qui la première a su centraliser en un seul point les renseignements concernant les familles : depuis 1876, à côté des registres traditionnels, se trouve un registre des familles où sont mentionnés tous les actes passés hors de la commune concernant chaque famille possédant la qualité de bourgeois de la commune en question (la consultation de ces documents est soumise à une autorisation administrative). Aux Pays-Bas, depuis 1938, le *Centraal Bureau voor Genealogie* centralise tous les renseignements généalogiques concernant les citoyens, en particulier les fiches personnelles et nationales d'état civil (avec la filiation, les dates et lieux de naissance, de mariage[s], de naissances des enfants, de décès) qui lui sont transmises après le décès des personnes concernées. En Suède, où l'état civil est toujours de la responsabilité des paroisses, en même temps que les pasteurs enregistrent les actes, ils établissent pour chaque individu un livret personnel, qui est transmis à sa nouvelle paroisse lorsqu'il change de domicile. Ce livret est déposé à sa mort au Bureau central de statistique, à Stockholm. Un tel livret existe aussi en Israël et il fait l'objet d'un enregistrement officiel au ministère de l'Intérieur. Ce ministère, ainsi que les *State Archives* et les *Jewish Historical General Archives*, s'efforcent de réunir des copies, et parfois des originaux, des documents établis avant la création de l'Etat d'Israël, concernant leurs ressortissants. La difficulté, dans ce pays, vient dc ce qu'un certain nombre d'Israélites, venus de tous les pays, ont changé de nom en s'installant dans leur nouveau pays, comme l'a fait l'un de ses fondateurs, David Ben Gourion.

En cela la situation d'Israël est semblable à celle de nombreux pays neufs, dont la population est formée en grande partie de colons et d'immigrants; certains pays n'encouragent pas la recherche des racines, considérant probablement que rien n'est mieux que leur nouvelle patrie. C'est le cas des Etats-Unis où, à part les archives des nouveaux arrivants, d'ailleurs beaucoup plus difficiles à consulter qu'on le dit, les recherches généalogiques ne sont guère favorisées. Il est à noter que malgré l'obligation fédérale d'inscription des actes d'état civil de 1850, aujourd'hui encore, plus d'un quart des Américains ne possèdent pas d'acte de naissance. En revanche, il existe dans ce pays une multitude d'associations généalogiques, qui sont souvent généalogiques et autre chose : confessionnelles, ou ethniques, ou gays, ou sportives, etc.; elles pallient souvent le manque d'initiatives publiques dans ce domaine.

Certaines peuvent se révéler d'une surprenante efficacité : c'est le cas, désormais bien connu, des Mormons.

Au Canada, et tout particulièrement au Québec, où ont été transplantées dès le début du XVIIe siècle les institutions administratives existant en France à la même époque, registres paroissiaux et notariat, la situation est différente. Les archives ont toujours été conservées avec le plus grand soin par une population fière de ses origines et désireuse de conserver les liens qui l'unissaient à son pays et à sa province d'origine. Ainsi que le dit R. Jetté (auteur d'un remarquable *Traité de généalogie*, Montréal, 1991), «le généalogiste québécois dispose d'une documentation adéquate et d'accès facile. Cette situation enviable, vraisemblablement unique au monde, fait du Québec un véritable paradis pour le généalogiste […]. Dans ce contexte, il n'est pas étonnant que […] la plupart des Franco-Québécois d'aujourd'hui puissent retracer au moins leurs 256 ascendants de neuvième génération, alors que le prince de Galles, par exemple, ignore l'identité de certains de ses ascendants dès la huitième génération». Beaucoup plus que les Américains, les Canadiens dans leur ensemble s'efforcent de conserver la trace de leur ancêtre immigrant et de retrouver au moins une ou deux générations de leurs ancêtres «d'avant le passage». On retrouve cette volonté chez les Sud-Africains (blancs), qui conservent souvent de nombreux souvenirs de leur ancêtre immigrant d'origine. Un plus grand nombre de Sud-Africains qu'on ne le pense généralement est d'origine française, descendants de huguenots émigrés parfois dès la fin du XVIe siècle mais surtout au moment de la révocation de

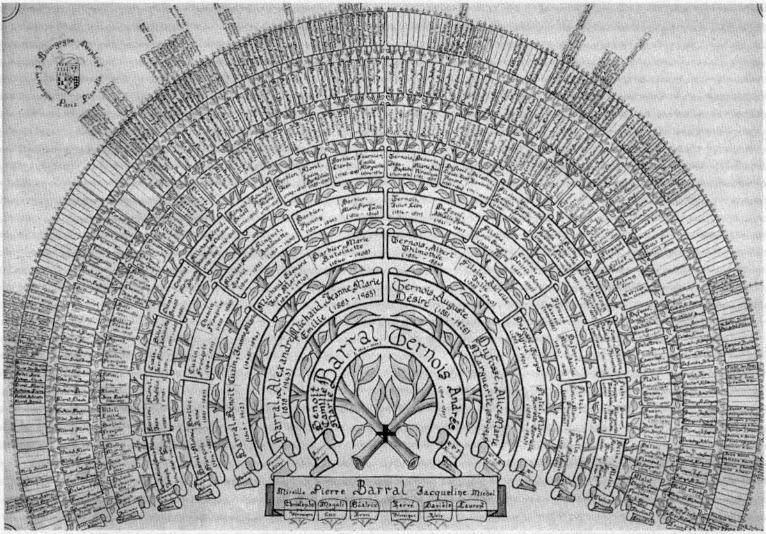

l'édit de Nantes (18 octobre 1685). Il existe d'ailleurs une société généalogique regroupant les descendants de Français, *Die Huguenote Vereniging*, au Cap.

Emmanuel de Boos

D'autres services

Les revues spécialisées

Généalogie-Magazine (anciennement *Gé-Magazine*), 5, rue Alphonse-Baudin, BP 91, 75222, Paris cedex 11.

Revue française de généalogie, 12, rue Raymond-Poincaré, 55800 Revigny.

Héraldique et généalogie, 11, boulevard Pershing, 78000 Versailles.

Histoire et généalogie. Annales de généalogie et d'héraldique, même adresse.

L'intermédiaire des chercheurs et des curieux, 28, rue Geoffroy-Saint-Hilaire, 75005 Paris.

Les librairies spécialisées

– Librairie Christian, 5, rue Alphonse-Baudin, 75011 Paris.
– Saffroy, 4, rue Clément, 75006 Paris.
– Le Léopard d'or, 11, rue du Quatre-Septembre, 75002 Paris.
– Clavreuil, 37, rue Saint-André-des-Arts, 75006 Paris.

Les services télématiques

3615 Genefede, serveur de la Fédération française de généalogie, serveur incontournable.
Mais également,
3615 Geneal,
3615 Mafamille,
3615 Genecom…

Sur Internet

www.parentele.com
www.karolus.com

Enfin, si vous souhaitez faire appel à un généalogiste professionnel, vous pouvez vous adresser à la Chambre syndicale des généalogistes-héraldistes de France, 74, rue des Saints-Pères, 75007 Paris.

BIBLIOGRAPHIE

Bibliographies

Etienne ARNAUD, *Répertoire de généalogies françaises imprimées*, 3 vol., Ed. Christian, Paris, 1978-1982.

Gaston et Geneviève SAFFROY, *Bibliographie généalogique, héraldique et nobiliaire de la France, des origines à nos jours, imprimés et manuscrits*, 5 vol., Paris, 1968-1988.

Génétique et généalogie

Robert BEAUBERNARD, *L'Héritage biologique. Ce que les enfants tiennent de leurs parents*, Paris, 1992.

Jean BERNARD, *De la biologie à l'éthique*, Paris 1990.

Francis GALTON, *Natural Inheritance*, Oxford, 1889.

Albert JACQUARD, *Structures génétiques des populations*, Paris, 1970.

Ottokar LORENZ, *Lehrbuch der gesamten wissenchaftlichen Geneulogie.*

Traités

Pierre DURYE, *La Généalogie*, Paris, 1961 (éd. révisée, 1988).

Otto FORST DE BATTAGLIA, *Traité de généalogie*, SPES, Lausanne, 1949.

René JETTÉ, *Traité de généalogie*, Editions universitaires, Montréal, 1991.

Jacques de MARSAY, *Méthodes critiques en généalogie*, Paris, 1946.

Joseph VALYNSEELE, ss la dir. de, *La Généalogie. Histoire et pratique*, Larousse, Paris, 1991.

Manuels et guides

Robert AUBLET, *Nouveau guide de généalogie*, Ouest-France, Paris, 1986.

Jean-Louis BEAUCARNOT, *La Généalogie*, «Que Sais-je?», PUF, Paris.

Gildas BERNARD, *Guide des recherches sur l'histoire des familles*, Archives Nationales, Paris, 1981.

Gustave CHAIX D'EST-ANGE, *Dictionnaire des familles françaises anciennes ou notables à la fin du XIXe siècle*, 20 vol., Paris, 1903-1929, réimp. 1983.

Albert DAUZAT, *Dictionnaire des noms de famille et des prénoms de France*, Larousse, Paris.

Yann DELACOTE, *La Généalogie. Retrouvez vos ancêtres et vos origines*, Paris, 1990.

Yann GRANDEAU, *A la recherche de vos ancêtres. Guide du généalogiste amateur,* Stock, Paris, 1974 (et rééd.).

Françoise HILDESHEIMER, *Archives privées. Le traitement des archives personnelles, familiales, associatives*, Ed. Christian, Paris, 1990.

Léo JOUNIAUX, *Généalogie. Pratique, méthode, recherches*, Flammarion, Paris, 1997.

Paul LEBEL, *Les Noms de personnes en France*, «Que Sais-je?», PUF, Paris, 1954.

Charles ROSTAING, *Les Noms de lieux*, «Que Sais-je?», PUF, Paris.

Histoire de la généalogie

Jean-Marie et Francis ANDRIVEAU, *Recherche héritiers*, Le Cherche-Midi Editeur, Paris, 1994.

Maurice COUTOT, *Histoire d'héritages. Souvenirs d'un généalogiste*, , Stock, Paris, 1984.

Chevalier C. DE BORMAN, *Œuvres de Jacques de Hemricourt*, t. I, *Le Miroir des nobles de Hesbaye*, Archives royales de Belgique, Bruxelles, 1900.

Baron DU ROURE DE PAULIN, *Le Juge d'armes de France et les Généalogistes des ordres du roi,* Paris, 1908.

Georges DUBY, *La Société chevaleresque. Hommes et structures du Moyen Age* (I), Flammarion, Paris, 1988.

Léopold GÉNICOT, *Typologie des sources du Moyen Age occidental, A-I. 5, Les généalogies*, Presses universitaires de Turnhout, Turnhout, 1975.

Nicole MOUNIER, *Les Registres paroissiaux d'état civil avant la Révolution* (Thèse de Droit), Paris, 1970.

Michel, PASTOUREAU, *L'Héraldique*, «Découvertes Gallimard», Paris, 1996.

Sociologie

La Généalogie entre science et passion (actes du 120e Congrès des sociétés historiques et scientifiques de 1995 à Aix-en-Provence), Paris, 1997.

Pierre NORA, ss la dir. de, *Les Lieux de mémoire*, tome II, Gallimard, Paris, 1996.

Chantal RIALLAND, *Cette famille qui vit en nous*, Paris, 1994.

Martine SEGALEN, «L'amour de la généalogie», dans *Jeux de famille*, Paris, 1991.

F. DE SINGLY, sous la dir. de, *La Famille, état des savoirs*, Paris, 1991.

Françoise ZONABEND, Martine SEGALEN..., ss la dir. de, *Histoire de la famille*, Paris, Armand Colin.

TABLE DES ILLUSTRATIONS

COUVERTURE

OUVERTURE

CHAPITRE I

CHAPITRE II

36b Le patricien Barberini portant ses ancêtres, marbre. Musée du Capitole, Rome.
37 Relief funéraire d'une famille provenant de Thessalonique, Ier siècle. Musée archéologique, Thessalonique.
38h Arbre généalogique de Noé, gravure de C. Deeker, in *Arca Noe* de Athanasius Kircher, 1675. Coll. part.
38b Table généalogique acrostique du XIe siècle, copiée par Vicente Juan de Lastanosa en 1635. The Pierpont Morgan Library, New York.
39 La généalogie d'Abraham in *Le Livre des chroniques* de Hartmann Schedel, 1493.

CHAPITRE III

40 Arbre de Jessé, peinture sur bois de Hans Holbein. Stadel. Kunst, Francfort.
41 Notaires rédigeant des actes, miniature XIVe siècle. Bibl. Augusta.
42 L'Empereur Justinien rédigeant son recueil de droit civil romain en 533. Bibl. munic., Bordeaux.
43 Tableau généalogique de sainte Renelde, peinture sur bois, 1569. Eglise Sainte-Renelde, Saintes.
44h Arbre de Jessé, miniature in Bible de Jean XXII, XVe siècle. Musée Atger, Montpellier.
44b La généalogie de la Vierge, peinture de Gérard David. Musée des Beaux-Arts, Lyon.
45 Arbre de Jessé, miniature, 1411. British Museum, Londres.
46-47 Tableau généalogique de sainte Waudru, peinture sur bois, 1577. Collégiale de Mons.
48 Arbre de Jessé, vitrail de la basilique Saint-Denis. C.N.M.H.S.
48b L'Ange explique à Abraham la généalogie du Christ, miniature fin XIIIe siècle. Bibl. royale de l'Escorial, Madrid.
49 Galerie des Rois, sculptures. Cathédrale d'Amiens.
50-51h La généalogie des Empereurs, miniature in *Epitome* de Giovanni Zonara, XIVe-XVe siècles. Bibl. Estense, Modène.
50b Généalogie des rois de France, rouleau manuscrit, XVe siècle. Bibl. munic., Verdun.
51 Arbre de la maison des Habsbourg, aquarelle d'Albrecht Altdorfer, vers 1515. Archives de l'Etat, Vienne.
52g Les descendants de l'empereur Henri II le Saint, in *Chroniques de Nuremberg* de Hartmann Schedel, 1493. Bibl. Sainte-Geneviève, Paris.
52d Lothaire (en haut) et son fils Louis V (en bas), derniers Carolingiens, miniature in *Genealogia regum Francorum* de Bernard Gui. BnF, Paris.
53 Généalogie et gestes nobles des chevaliers, gravure, 1504. BnF, Paris.
54 Arbre généalogique aux armes du Grand Bâtard de Bourgogne, miniature de Willem Vrelant, Musée du Louvre, Paris.
54-55 Arbre généalogique des femmes de la Maison Babenberg, volet du triptyque de Hans Part, fin XVe siècle. Monastère Klosterneubourg, Autriche.
55 Désignation de Philippe de Valois, futur Philippe VI, sucesseur de Charles IV le Bel, mort sans descendant, miniature in *Grandes Chroniques de Saint-Denis*, vers 1400. Bibl. munic., Toulouse.
55h Célébration d'un mariage, miniature XIVe siècle. Bibl. Capitulaire, Padoue.
56b Notaire bolognais vers 1300, miniature. Museo Civico, Bologne.
57 Armée de chevaliers, miniature in *Chroniques de Saint-Denis*, XVe siècle. BnF, Paris

CHAPITRE IV

58 *Le Mariage à la mode* (détail), peinture de William Hogarth. National Gallery, Londres.
59 *Discours généalogique*… de d'Hozier. BnF, Paris.
60 Le registre des sépultures, extrait de l'ordonnance de Villers-Cotteret. Archives nationales, Paris.
61 Registre des mariages de la paroisse de Limel en Belgique. Archives générales du Royaume, Bruxelles.
62h Registre protestant des naissances, baptêmes et décès de la commune du Fleix en Dordogne pour l'année 1780. Archives départementales de Dordogne.
62b *Le Baptême*, peinture de Pietro Longhi, vers 1750. Pinacothèque Querini-Stampalia, Venise.
63h La méthode Eyzinger-Stradonitz.
63m Page de titre du *Ahnentafel-Atlas* de S. K. von Stradonitz.
64h Henri III reconnaît le roi de Navarre comme son légitime successeur, gravure. BnF, Paris.
64m Portrait du roi Henri IV, gravure. BnF, Paris.
64b *De Origine et atavis Hugonis Capeti*… de Matthaei Zampini, 1581. Bibl. munic., Versailles.
65 Arbre généalogique des Valois et des Bourbons, gravure de Callais, 1594. BnF, Paris.
66hd Blason de la Maison de Savoie, frontispice du *Theatrum sabandiae*… de J. Luyghen, 1725. Musée de Chambéry.
66m Portrait de Marie Stuart, gravure.
66b Portrait d'Elisabeth Ire, peinture de George Gower. Abbey Art Gallery, Woburn.
67h *Histoire généalogique de la Maison de France*, de

divers rapports, par M. Chérin, 1788. Bibl. munic., Versailles
99 Arbre généalogique des premiers Capétiens.
100 Certificat de noblesse établi par Louis-Nicolas Chérin.
106 Arbre généalogique des Rougon-Macquart d'Emile Zola.
110 Tombe des familles Gandolfi et Comastri en Italie, photographie Ferdinando Scianna.
113 Portrait de famille avec trois générations, photographie, 1928.
115 Faire-part de naissance, 1911.
116 Mère présentant son enfant dans son lange traditionnel hongrois, carte postale vers 1910.
118-119 Photos de famille, années 1920. Coll. part.
120 Mère avec ses enfants, photo de famille. Coll. part.
121h Réunion de famille. Coll. part.
121b Le premier anniversaire. Coll. part.
122-123-124 Généalogie imprimée de la famille Duval, Bibl. munic., Versailles.
127 Arbre généalogique des Bourguignon. Coll. part.
133 Arbre généalogique des Barral. Coll. part.
143 Photo de famille, 1947. Coll. part.

INDEX

CRÉDITS PHOTOGRAPHIQUES

AKG Dos de couv., 2, 3, 9, 13h, 13b, 27b, 40, 45, 51, 62b, 77, 82m, 113. Archives nationales, Paris 60. Arthus-Bertrand 26. Bios 11, 19h. BnF, Paris 20, 52d, 57, 59, 64h, 64m, 65, 70hd, 70m, 71hd, 71m, 82b, 100, 129. D. Bouteiller 97. Bridgeman 58, 73. British Museum 33b. Chanu, Nantes, 2e plat de couv. J.-L. Charmet 52g, 95h, 115, 116. CNMHS/Pascal Lemaître 48. Cosmos 18, 18-19, 19b, 31b, 32d Dagli-Orti 4, 7, 22, 23, 33h, 34G, 34b, 35b, 36b, 37, 44h, 44b, 48b, 75, 76b. D. R. 1er plat de couv., 10, 14b, 15, 21h, 21b, 54-55, 67b, 69hg, 82h, 87h, 88h, 89m, 92b, 118, 119, 120, 121, 143. Edimedia 14h, 17h, 38h, 70, 80, 81m, 83. Editing 90-91h. Explorer 89. Hoa-Qui 30, 30-31h, 32g. 127, 133, C. Hochet/ Rustica 81b. Giraudon 6, 28, 38b, 53, 66b, 74. Imapress 84h, 84-85b, 85h. Library of Congress, Washington, 93. P. Léger/Gallimard 72h, 72m, 95b. A. Le Toquin 78, 88m. Magnum/Lessing 29, Magnum/Burt Glinn 83, Magnum/Marc Riboud 86-87, Magnum /Ferdinando Scianna 94h, 110, Magnum/Henri Cartier-Bresson 96. Metis/Xavier Lambours 79. MNHN 12, 27. National Horseracing Museum, Newmarket 24. Oronoz 1. RMN 5, 54. Roger Viollet 16-17b, 35h, 36h, 39, 41, 55h, 56b, 66m, 86. Réunion des musées nationaux, Paris, 99. J.-J. Rousseau 43, 46-47, 61. Scope 49. G. Roncaglia 50-51h. Sygma/ Murdo Macleod 16. L. Tondusson/Archives Départementales de Dordogne 62h, 80h, 91m. Jean Vigne 42, 50b, 55, 64b, 67h, 68hg, 68hd, 69b, 76h, 98, 122, 123, 124.

REMERCIEMENTS

L'éditeur tient à remercier particulièrement Mesdames Colette Queyroux et Michèle Decré, Messieurs Lucien et Pierre Auzolles, Michel Pastoureau, Pierre de Laubier, Jérémie Régnier ainsi que le personnel des Archives départementales de Dordogne à Périgueux.

ÉDITION ET FABRICATION

DÉCOUVERTES GALLIMARD
DIRECTION Pierre Marchand et Elisabeth de Farcy.
COORDINATION ÉDITORIALE Anne Lemaire.
GRAPHISME Alain Gouessant.
FABRICATION Claude Cinquin.
PROMOTION & PRESSE Valérie Tolstoï.
SUIVI DE PRODUCTION Madeleine Gonçalves.
LA GÉNÉALOGIE. FAMILLES, JE VOUS AIME
EDITION Nathalie Reyss. MAQUETTE Valentina Lepore, Vincent Lever, Laure Massin (Corpus), Dominique Guillaumin (Témoignages et Documents). ICONOGRAPHIE Anne Soto. LECTURE-CORRECTION François Boisivon, Catherine Lévine. PHOTOGRAVURE SRO (Corpus), Arc-en-Ciel (Témoignages et Documents).

Table des matières